마주별 출판사는 혼자 걷는 열 걸음보다 함께 걷는 한 걸음의 가치를 소중히 생각합니다.
어린이들이 마주 보며 행복한 세상을 꿈꾸고 희망을 나눌 수 있도록 건강하고 단단한 책을 만들겠습니다.

마주별 중학년 동화 15

미래로 가는 엘리베이터

초판 1쇄 발행 2024년 12월 16일

최은영 글 시은경 그림

펴낸이 박진영   **펴낸곳** 마주별
등록 2019년 10월 1일 제2019-000268호
편집 박진영   **마케팅** 이태수   **디자인** 루기룸
제조국명 대한민국   **제품명** 아동 도서   **사용 연령** 9세 이상
주소 서울시 양천구 오목로 19, 2층 2호(신월동, 서륭타운)
전화 02-309-0300   **팩스** 02-6280-0329   **이메일** majubyeol@naver.com
블로그 blog.naver.com/majubyeol   **인스타그램** www.instagram.com/majubyeol

ISBN 979-11-91011-60-9 74800
ISBN 979-11-968307-1-7(세트)

KC마크는 이 제품이 공통안전기준에 적합하였음을 의미합니다.
책 모서리가 날카로우니 종이에 베이거나 긁히지 않도록 조심하세요.
잘못된 책은 구입하신 서점에서 바꿔 드립니다.

차례

딩동.

학교 현관 앞에서 실내화를 운동화로 갈아 신으려는데, 문자 메시지 알림 소리가 울렸다.

"어, VIP 학원이다!"

옆에 있던 치현이가 휴대 전화를 들여다보며 목청을 높였다. 나도 얼른 휴대 전화를 켜서 내용을 확인했다.

용기 초등학교 4학년 박준서 어린이는
퍼스트반에 배정되었습니다.

"헉!"

나도 모르게 한숨 섞인 소리가 흘러나왔다. 의대반이 아니라 퍼스트반이라니! 선발 고사를 만족스럽게 치르지는 못했지만 그렇다고 결과가 이렇게 나올 줄은 몰랐다. 휴, 자존심에 커다란 생채기가 났다.

"왜? 무슨 반인데?"

치현이가 내 휴대 전화를 보려고 목을 길게 뺐다. 나는 얼굴을 찌푸린 채 휴대 전화를 내밀었다.

"퍼스트반? 그 정도면 괜찮네."

치현이가 입을 삐죽거리며 자기 휴대 전화를 보여 주었다. 문자 메시지에 '노멀반'이라는 글자가 선명했다. 노멀반은 VIP* 학원의 최하위 반이었다.

"어쩌냐……."

나는 치현이를 보며 어색하게 웃었다. 퍼스트반 바로 아랫반인 라인반도 아니고, 노멀반이라니. 안타깝기도 하고, 걱정스럽기도 했다.

VIP(브이아이피) very important person의 약자. 특별히 대우해야 할 아주 중요한 인물.

"어쩌긴 뭘 어째. 그래도 다녀야지. 어차피 이 형은 너를 위해 등록한 거니까."

치현이가 내 어깨에 오른팔을 툭 걸치며 진짜 형이라도 되는 듯 거드름을 피웠다.

"VIP 학원 의대반, 여기를 가야 해."

작년 겨울 방학이 시작될 무렵, 엄마는 'VIP 학원 의대반'이라는 글자가 큼지막하게 적힌 브로슈어*를 내 앞에 내밀었다. 옆에 치현이도 있었다.

"준서 지금 학원에 다니는데요?"

치현이가 고개를 갸우뚱하며 물었다. 엄마는 못 들은 척 브로슈어를 천천히 넘겼다.

"여기를 왜 다녀요?"

나도 눈을 슴벅이며 물었다. 엄마가 답답하다는 듯 톡 쏘았다.

"왜 다니긴? 이 학원 의대반에서 공부하면 의대에 갈 수

브로슈어 설명, 광고, 선전 따위를 위하여 만든 얇은 책자.

있다잖니.”

엄마는 앞집 민우 형 엄마에게 들은 이야기를 목에 핏대를 세워 가며 늘어놓았다. 민우 형은 2년 전부터 학원에 다니느라 바빴는데, 그게 VIP 학원인 모양이었다.

“의대라면, 의사 되라고요?”

치현이가 묻자, 엄마는 확신에 찬 목소리로 말했다.

“의사는 지금도 그렇지만 앞으로도 유망한 직업이야. 돈 많이 벌지, 남들한테 존경받지, 그렇게 탄탄한 직업을 가져야 하고 싶은 거 다 하면서 행복하게 살 수 있어.”

“박준서, 너 의사 될 거야?”

치현이가 떨떠름한 표정으로 물었다. 나는 어깨를 으쓱했다. 딱히 생각해 본 적이 없었다.

“꼭 의사가 되지 않더라도 의대반에 다니면 못해도 명문대엔 갈 수 있을걸. 너희들 명문대에 가고 싶지 않아?”

엄마가 큰 눈을 더 크게 뜨고 나와 치현이를 설득하려고 했다. 우리는 멀거니 눈만 깜빡거렸다. 내가 아직 대학 얘기를 하기엔 이르지 않냐고 했더니 엄마는 목소리를 더욱 높였다.

"이르긴! 명문대에 들어가기가 얼마나 어려운데! 지금부터 준비해도 결코 이르지 않아. 아니, 오히려 조금 늦었어. 앞집 민우도 3학년 때부터 다니기 시작했잖아."

"꼭 명문대에 가야 해요?"

치현이가 살짝 얼굴을 찡그렸다.

"명문대를 나와야 선택할 수 있는 직업이 많아지거든. 남들도 다 부러워하고. 너희 엄마도 네가 명문대에 들어가기를 바라실걸?"

엄마 목소리에 힘이 넘쳤다. 치현이는 입꼬리를 내려뜨린 채 나를 보았다. 어떻게 할 거냐고 묻는 표정이었다. 나는 뭐라고 대꾸할지 몰라 머뭇거렸다.

"미루면 너희만 더 힘들어져."

엄마는 그길로 우리를 VIP 학원으로 데려갔다. 당장이라도 등록할 기세였다. 하지만 1년 과정으로 진행되는 학원의 커리큘럼*은 겨울 방학이 끝날 무렵 마무리되고, 2월에 선발 고사를 통해 새 수강생을 뽑는다고 했다.

커리큘럼 일정한 교육 목적에 맞춰 교과 내용과 정해진 수업, 학습을 종합적으로 계획한 것.

"선발 고사 경쟁률도 어마어마한 거 아시죠? 단단히 준비해서 보내셔야 할 거예요."

학원 상담실장이 엄마에게 잔뜩 겁을 줬다. 그때부터 치현이와 함께 집 근처 수학 학원에서 VIP 학원 의대반 선발 고사를 준비했고, 오늘 그 결과를 통보받았다.

"학원 일정이 진짜 빡빡하다던데. 그래도 잘 다닐 수 있겠지?"

걸음을 옮기며 치현이가 물었다. 은근히 걱정되는 눈치였다.

"그럼! 비록 이번에는 안 됐지만 더 열심히 해서 다음번엔 꼭 의대반으로 올라가자. 우리 엄마 말처럼 못해도 명문대에는 가야지."

나는 짐짓 어른스러운 투로 말했다. 말뿐이 아니라 진심이었다. 두 달 뒤에 있을 반 배정 시험에서는 반드시 의대반으로 올라가야지 결심했다.

"이제 노멀반인 난 거의 불가능하지 않을까. 그래도 이왕에 시작한 거 해 보지, 뭐. 어쨌든 어려운 학원 시험에도 붙었으니까 오늘은 기념으로 축구, 어때?"

치현이가 기대감에 부푼 목소리로 제안했다. 나는 흔쾌히 그러자고 했다. 학원에 다니기 시작하면 아이들이랑 축구 할 시간이 거의 없을 거다.

"결과 나왔어?"

치현이와 헤어져 집에 들어서는데 엄마가 득달같이 달려와 물었다. 나도 모르게 얼굴이 찌푸려졌다.

"네."

엄마가 두 눈을 빛내며 내 대답을 기다렸다. 나는 가볍게 한숨을 내쉬고, 간단히 말했다.

"퍼스트반."

"어머나, 진짜?"

엄마 목소리에 아쉬움이 묻어났다.

"잘하는 애들이 많은가 봐요."

퉁명스럽게 대꾸하고 방으로 들어왔다. 인정하고 싶지 않았지만 인정할 수밖에 없었다.

"그러게 더 일찍 시작했어야 했는데……."

엄마가 내 뒤를 졸졸 따라오며 푸념을 늘어놓았다.

"엄마!"

나는 소리를 버럭 지르며 엄마를 쏘아보았다. VIP 학원에 다니기로 약속하고 엄마에게 내건 조건이 있었다. 잔소리하지 말기, 다른 아이들이랑 비교하지 말기. 나는 엄마가 잔소리하지 않아도 알아서 잘할 자신이 있었다.

"알았어, 알았어."

엄마가 맥없이 내 어깨를 도닥였다.

"다음 시험 땐 꼭 의대반으로 올라갈게요."

엄마가 너무 아쉬워하는 것 같아서 무심한 척 말을 툭 던졌다. 엄마 얼굴이 환해졌다.

"정말이지?"

힘차게 고개를 끄덕였다. 엄마 때문이 아니라 나를 위해서라도 꼭 의대반에 들어갈 거다. 대학이야 나중 문제라 쳐도 인근에서 공부 잘하는 아이들이 다 다니는 학원에서, 그것도 의대반에 속한다는 건 그 자체로 자부심을 느낄 만한 일이기 때문이다.

"치현이는 노멀반 됐대요."

엄마가 차려 준 토스트를 입안에 넣으며 치현이 이야기를 꺼냈다.

"치현이 엄마가 속상하겠네."

엄마가 혀를 끌끌 찼다.

"치현이 엄마는 신경 안 쓸 걸요."

"그럴 리가. 세상에 자식 공부에 신경 안 쓰는 부모는 없어."

엄마는 내 말을 귓등으로 흘렸다. 나는 토스트를 우걱우걱 먹으며 치현이와 치현이 부모님을 떠올렸다. 4남매 중 막내인 치현이는 바로 위 누나랑 여덟 살 차이가 났고, 제일 큰 누나하고는 열두 살 차이였다. 늦둥이여서인지 치현이 부모님은 치현이에게 특히 너그러웠다. 공부하라는 말도 거의 하지 않았다. 치현이가 나를 따라 VIP 학원에 다니겠다고 했을 때도 치현이 엄마는 힘들지 않겠냐는 걱정부터 했다. 치현이는 가장 친한 친구를 낯선 학원에 혼자 보낼 수 없다며 조르고 졸라서 허락을 받아 냈다. 치현이에게 그 얘기를 들었을 때 너무 고마워서 눈물이 날 뻔했다.

디리리리링―.

전화벨이 울렸다.

"축구 하러 가자!"

치현이 목소리가 쨍하게 울렸다. 그새 같이 할 아이들을 모은 모양이었다.

"바로 나갈게!"

나는 부리나케 전화를 끊고 자리에서 일어났다.

"학교에 다녀올게요."

"축구 하러?"

엄마가 물었다. 표정이 썩 밝지 않았다.

"학원에 다니기 시작하면 축구 할 시간 없단 말이에요."

내 입이 삐죽 튀어나왔다. 엄마는 떨떠름한 표정으로 고개를 끄덕였다.

운동화를 신고 막 현관을 나서려는데, 엄마가 휴대 전화를 들여다보며 말했다.

"사전 과제가 있대!"

무슨 소리인가 싶어서 엄마를 쳐다보았다.

"이것 좀 봐."

엄마가 휴대 전화를 내 눈앞에 내밀었다. VIP 학원 공지 사항이 보였다. 배정 받은 반의 사전 과제 파일을 내려받

아 등원 첫날까지 풀어 오라고 했다. 등원 첫날이라고 해 봐야 고작 3일 뒤인데……. 절로 얼굴이 일그러졌다.

"과제 확인만 하고 나가는 게 어때?"

엄마가 내 눈치를 살피더니 휴대 전화에서 4학년 퍼스트반의 사전 과제를 열었다. 문제지 열 장에 오십 개의 문제가 빼곡하게 담겨 있었다. 너무 놀라 입이 떡 벌어졌다.

"아유, 과제가 이렇게나 많아? 이 정도면 지금부터 해도 빠듯할 것 같은데……."

엄마의 얼굴에 언뜻 웃음기가 스쳤다. 나는 공지 사항을 다시 한 번 살펴보았다. 전화벨이 또 울렸다.

"왜 안 나와?"

통화 버튼을 누르자마자 치현이 목소리가 날아들었다.

"야, 큰일 났어. VIP 학원에서 사전 과제를 냈는데, 자그마치 오십 문제야!"

내 목소리가 점점 높아졌다.

"오십 문제?"

"그래! 그것도 등원 첫날까지 풀어 오래!"

"뭐? 등원 첫날이면 주말 지나고 바로잖아. 말도 안

돼!"

치현이 목소리에 울음이 섞였다. 나도 한숨을 푸 내쉬었다.

"아무래도 오늘 축구는 못 할 것 같아."

전화를 끊고 털레털레 방으로 들어왔다. 거실에서 엄마가 흥얼흥얼 콧노래를 불렀다. 학원에 다니기로 마음먹고 나름 열심히 하겠다는 각오도 다졌지만 이렇게 정신없이 시작하게 될 줄은 몰랐다. 나는 자석에 이끌리듯 학원 사이트로 들어가 문제지를 내려받았다.

우리들의 엘리베이터

월요일 오후 다섯 시. VIP 학원 5층 시청각실에서 3학년과 4학년 신입 수강생의 등원식이 열렸다.

치현이와 나는 부루퉁한 얼굴로 학원으로 향했다.

"유치원도 아니고, 학원에서 무슨 등원식을 하냐?"

치현이 목소리에 불만이 가득했다.

"그러니까 말이야. 좀 유별나긴 하다."

나도 고개를 저으며 치현이와 걸음을 맞췄다.

우리는 주말 내내 사전 과제를 하느라 잠시도 쉬지 못했다. 과제를 싸 들고 우리 집에 온 치현이는 문제지를 녹일

듯 쏘아보며 한숨만 푹푹 쉬었다. 노멀반의 과제도 만만치 않았다.

"아무래도 이건 아닌 것 같아. 너무 심하잖아."

치현이가 우뚝 멈춰 서서 주먹을 부르쥐었다.

"이제라도 그만둘래……?"

괜스레 미안한 마음이 들어서 넌지시 물었다.

"내가 그만두면 좋겠어?"

치현이가 되물었다. 나는 얼른 고개를 저었다. 생각보다 버거운 과제에 맞닥뜨리고 보니 불평이라도 주고받을 친구가 있는 게 얼마나 다행인가 싶었다.

"시작도 못 해 보고 그만둘 수는 없지!"

치현이가 오른팔을 번쩍 들어 올렸다.

"그래. 익숙해지면 좀 나을 거야. 문제 푸는 속도도 빨라질 거고. 조금만 힘내자!"

나도 치현이처럼 팔을 번쩍 올렸다. 무겁기만 했던 발걸음이 살짝 가벼워졌다.

학원 로비에서 엄마를 만나 5층으로 올라갔다. 시청각실은 3학년과 4학년 신입 수강생 각 사십여 명과 학부모들

까지 참석하여 복작복작했다. 엄마는 뒤쪽 학부모 자리로
가고, 나와 치현이는 앞쪽 수강생 자리로 향했다.

　4학년 의대반 팻말 뒤로 옹기종기 모여 앉은 아이들이
눈에 띄었다. 그중에는 학교에서 오가며 본 아이도 두엇
있었다. 자존심이 몹시 상했다.

　'두고 봐. 나도 조만간 너희 옆에 앉을 테니까!'

　나는 입을 앙다물고 퍼스트반 자리로 갔다. 퍼스트반
옆에 있는 라인반과 노멀반 쪽은 거들떠보지도 않았다.

　"너 박준서 맞지?"

VIP
의대반

VIP
퍼스트반

빈자리에 앉으려는데 누군가가 나를 불렀다.

"어?"

까만 뿔테 안경을 쓴 강혜린이었다. 유치원 때 치현이랑 셋이 삼총사로 불릴 만큼 친했는데, 초등학교를 다른 데로 가면서 연락이 끊겼다. 너무 오랜만에 만나 반갑기도 하고 얼떨떨하기도 했다.

"너도 여기에 등록했어?"

혜린이가 물었다. 나는 고개를 끄덕였다.

"너도 퍼스트반인가 보네?"

내가 묻자, 혜린이도 고개를 끄덕였다. 퍼스트반에 배정된 걸 보니 혜린이도 공부를 꽤 하는 모양이었다.

그래도 아는 얼굴이라서 혜린이 옆자리에 앉았다. 잠시 후 학원 선생님들이 연단에 나와 섰다.

"곧 등원식을 시작하겠습니다. 뒤쪽에 서 계신 학부모님들께서는 빈자리를 채워 주시기 바랍니다."

머리를 깔끔하게 묶은 상담실장이 마이크에 대고 얘기했다. 지난겨울, 엄마와 학원을 찾았을 때 본 깐깐한 모습 그대로였다.

"자그마치 8 대 1의 경쟁률을 뚫고 우리 학원에 합격한 여러분을 진심으로 환영합니다!"

상담실장이 들뜬 목소리로 인사했다. 시청각실 뒤쪽 학부모석에서 환호와 박수가 터져 나왔다. 8 대 1이라니, 선발 고사에 떨어진 아이들이 정말 많은 모양이었다. 나보다는 아니지만 반에서 상위권에 드는 치현이도 노멀반인 걸 보면 알 만했다.

상담실장이 원장을 소개하자, 원장이 근엄한 표정으로 단상에 올랐다.

"여러분은 장래 희망이 뭔가요?"

단도직입*으로 묻는 질문에 아이들이 웅성웅성했다.

"넌 뭐가 되고 싶어?"

혜린이가 팔꿈치로 내 팔을 툭 치며 물었다.

"글쎄, 아직……."

"의사죠!"

시청각실 뒤쪽에서 어른의 목소리가 날아올랐다. 주위

단도직입 혼자서 칼 한 자루를 들고 적진으로 곧장 쳐들어간다는 뜻으로, 여러 말을 늘어놓지 아니하고 바로 요점이나 본문제를 중심적으로 말함을 이르는 말.

에서 와하하 웃음을 터뜨렸다. "그렇지, 그렇지!" 하며 맞
장구치는 학부모도 있었다. 원장이 만족스럽게 고개를 끄
덕였다.

"그래요! 맞습니다! 다들 의사가 되기 위해 우리 학원에
왔지요?"

원장이 다짐을 받듯 찬찬히 수강생들을 둘러보았다. 순
간 몸이 움찔 옴츠러들었다. 의대반에 들어가고 싶은 건
맞지만 그게 꼭 의사가 되기 위해서인지는 잘 모르겠는
데, 그렇게 얘기하면 왠지 사람들이 나를 이상하게 볼 것
같았다.

슬며시 고개를 돌려 주위를 살폈다. 다른 아이들도 대
부분 나처럼 멀뚱멀뚱했다. 옆자리 혜린이만 힘차게 고개
를 끄덕였다. 아마도 혜린이는 의사인 아빠의 영향을 받
아 일찌감치 마음을 굳힌 듯했다.

"자, 여기를 보십시오!"

원장이 손짓을 하자 앞쪽 대형 스크린에 엘리베이터 그
림이 나타났다. 엘리베이터 문 위 층수 안내판에 '의사'라
는 글자가 선명하게 적혀 있고, 위쪽으로 향하는 화살표

가 깜빡거렸다. 문에는 'VIP'라는 로고가 새겨져 있었다.

"여러분은 지금 의대로 가는 엘리베이터에 올라탄 겁니다. 여러분이 포기하지 않는 한 이 엘리베이터는 반드시 여러분을 의대라는 목적지로 데려다줄 것입니다!"

"와!"

시청각실 뒤편에서 함성이 울렸다.

"여러분은 VIP 학원이라는 든든한 엘리베이터만 믿고 따라오십시오!"

원장이 힘차게 외치자 박수와 함성 소리가 더욱 커졌다. 나도 사람들을 따라 박수를 쳤다. 머릿속에 하얀 가운을 입고, 넓은 진료실에 앉아 환자를 맞이하는 내 모습이 떠올랐다. 엄마 아빠가 자랑스러워하는 모습도 그려졌다. 왠지 가슴이 벅차올랐다. 학원에 등록하길 잘했다는 생각이 새록새록 들었다.

이어서 교무 부장이 강단에 섰다. 노멀반에서 라인반, 라인반에서 퍼스트반, 퍼스트반에서 의대반으로 올라가는 그래프를 설명했다.

"4학년 의대반은 현재 열 명으로 한 반을 운영하고 있습

니다. 그러나 우수한 학생들이 많아지면 반을
늘릴 계획입니다. 5학년과 6학년도 작년부터 반을 늘
려 두 개 반으로 운영하고 있습니다. 우리 VIP 학원의 목
표는 노멀반, 라인반, 퍼스트반까지 모두 의대반으로 끌
어올려 전원 의대에 합격하도록 만드는 것입니다."

교무 부장의 말이 끝나기 무섭게 엄마들이 또 환
호했다. 시청각실의 열기는 점점 뜨거워졌다. 나는 몸
을 곧추세우고 이어지는 선생님들의 말에 귀를 기울였다.
잠시 후, 다시 상담실장이 마이크를 잡았다.
　"이번에는 작년 우리 학원 자체 평가에서 학년 전체 1등
을 한 의대반 이민우 어린이에게 시상하겠습니다."

"어?"

나는 허리를 꼿꼿이 세우고 앞쪽을 바라보았다.

"왜? 아는 사람이야?"

혜린이가 물었다.

"앞집 형이야."

반가운 마음에 목소리가 조금 높아졌다.

"우아, 좋겠다!"

혜린이가 두 손을 모으며 부러워했다. 혜린이의 반응에 괜히 어깨가 으쓱해졌다.

"위 사람은 성실한 태도와 굳은 의지로 VIP 학원 자체 평가에서 학년 전체 1등을 차지하였기에 상패와 장학금 백만 원을 드립니다. VIP 학원장 김돈."

원장이 민우 형에게 상패와 하얀 봉투를 건넸다. 우렁찬 박수가 쏟아졌다. 민우 형이 수상 소감을 말하기 위해 단상에 올라갔다.

"첫 등원식 때 저는 라인반에 앉아 있었습니다."

민우 형이 입을 떼자, 사람들이 웅성웅성했다.

"두 달 만에 퍼스트반으로 올라갔고, 그 혜택으로 수강

료의 삼십 퍼센트를 할인받았습니다. 다시 의대반으로 올라가면서 수강료의 절반을 할인받았고, 의대반에서도 1등을 하여 오늘 수강료 전액을 면제받고 장학금까지 받았습니다.”

“와!”

또다시 박수갈채가 쏟아졌다. 민우 형 옆에 서 있는 원장의 얼굴에 흐뭇한 미소가 번졌다.

“하지만 장학금보다 더 좋은 건 저에게 확실한 꿈이 생겼다는 것입니다. 저는 VIP 학원 의대반에서 더욱 열심히

저 오빠랑 친해?

노력하여 반드시 의사의 꿈을 이루겠습니다.”

민우 형이 수상 소감을 마치자 사람들이 또 우렁찬 박수를 보냈다. 나도 손바닥에 불날 정도로 열심히 손뼉을 쳤다. 사람들 앞에서 상을 받고, 수상 소감을 말하고, 자신감 넘치는 표정으로 단상을 내려오는 민우 형의 모습이 무척 멋져 보였다. 집 앞에서 오가다 만나던 때랑 완전히 달랐다.

“너 저 오빠랑 친해?”

혜린이가 몹시 궁금하다는 듯 물었다.

“응? 아, 그게…….”

2년 전까지는 분명 친했다. 수업 끝나면 민우 형 집이나 우리 집에서 자주 놀았다. 그런데 민우 형이 3학년이 되고부터 그러지 못했다. 이따끔 집 앞에서 마주쳐도 형이 너무 바빠서 말 한마디 제대로 못 나누고 헤어지기 일쑤였다. 그럴 수밖에 없었던 이유를 오늘에야 알 것 같았다.

“저 오빠랑 친하게 지내 봐.”

혜린이가 속닥거렸다.

“왜?”

나는 눈을 껌뻑껌뻑했다.

"모르는 거 있을 때 편하게 물어볼 수 있잖아."

혜린이가 생긋 웃었다. 바쁜 형에게 모르는 걸 편하게 물어볼 수 있을지는 모르겠지만 형이랑 아는 사이라는 건 확실히 뿌듯했다.

앞으로 1년 후, 나도 민우 형처럼 의대반 1등을 해서 단상에 오를 수 있을까. 1년이면 사계절이 한 번 바뀌는 긴 시간이니 못 할 것도 없지 싶었다. 민우 형이 라인반부터 시작했다는 말도 위로가 되었다. 나는 퍼스트반이니 민우 형보다 시작은 앞선 셈이다. 용기가 샘솟았다. 다짐하듯 주먹을 불끈 쥐었다.

과제 지옥

　급식 시간, 식판에 떡갈비와 방울토마토, 요구르트를 가지런히 담아 왔다. 평소라면 자리에 앉자마자 허겁지겁 먹어 치웠을 맛난 음식들인데, 오늘은 영 젓가락이 나아가지 않았다. 입맛이 없었다.

　"다 했어?"

　치현이에게 물었다. 치현이는 고개를 저으며 젓가락으로 떡갈비 양념만 긁었다. 치현이도 입맛이 없는 듯했다.

　"오늘 치 과제 다 못하면 내일은 해야 할 양이 더 많아질 텐데……."

나는 젓가락으로 방울토마토를 굴렸다.

"진짜 너무하지 않냐? 무슨 숙제가 끝이 없어."

VIP 학원 수업은 매주 월요일, 수요일, 금요일 오후 다섯 시부터 여덟 시까지였다. 이제 고작 일주일째여서 수업이라고 해 봐야 딱 세 번 받은 게 전부였다. 그런데도 숨이 턱에 닿는 느낌이었다. 선생님들이 경쟁하듯 진도를 빠르게 나갔고 과제도 어마어마하게 냈다.

"휴, 수학은 오답 노트까지 내래."

말끝에 푸 한숨이 터졌다.

"정말? 우리 반은 오답 노트 숙제는 없는데."

치현이가 말했다.

"좋겠다!"

나도 모르게 부러운 감정이 불쑥 솟았다.

"풋, 퍼스트반이 노멀반을 부러워하다니."

치현이가 어이없다는 듯 피식하며 떡갈비를 입안에 넣었다. 치현이 말처럼 노멀반을 부러워하는 게 조금 겸연쩍긴 했지만 그만큼 퍼스트반은 버거웠다. 노멀반 정도면 할 만할 텐데. 그런 생각이 들었지만 치현이가 자존심 상할까 봐 더 내색하지는 않았다.

"너희는 국어, 영어, 수학 세 과목이지만 의대반은 과학까지 더해 네 과목을 수강하고 있어. 그래도 불평 한마디 없이 잘 해내고 있지. 그러니 어떻게 해야겠니?"

학원 선생님은 의대반과 비교하며 은근히 경쟁심을 부추겼다. 선생님의 말을 듣고 있으면 오기가 나고 더 잘하고 싶은 마음이 강해지기는 했다.

"혜린이는 어때? 잘해?"

치현이가 물었다. 나는 바로 고개를 끄덕였다. 혜린이는 학원의 커리큘럼을 아주 잘 따랐다. 과제도 빠짐없이 해 오고 수업 시간에 졸지도 않았다.

"혜린이가 그렇게 똑똑했나?"

치현이가 고개를 갸우뚱했다.

"똑똑하다기보다 성실한 거지."

나도 모르게 퉁명스럽게 대꾸했다. 왠지 나보다 똑똑하다는 말로 들려 인정하기 싫었다.

"후유, 6교시 수업만 빠질 수 있으면 어떻게든 해 보겠는데……."

점심을 대충 먹고 급식실을 나오면서 치현이가 말했다. 나도 같은 생각이었다. 하지만 선생님에게 학원 과제를 해야 하니 수업을 빼 달라고 할 수는 없었다. 어찌어찌 6교시까지 마치고 우리는 곧장 학교 도서관으로 달려갔다. 수학 과제집부터 꺼내 죽어라 문제를 풀었다. 뒤로 갈수록 문제가 어려워졌다. 그래도 어떻게든 빈칸을 채웠다. 그렇게 해서라도 과제는 다 해 가야 할 것 같았다.

"와, 너희들 열심이네?"

낯익은 목소리에 고개를 들었다. 눈앞에 민우 형이 서 있었다.

"형!"

나도 모르게 목소리가 커졌다. 민우 형이 검지를 입술에 갖다 댔다. 도서관이니 목소리를 낮추라는 뜻이었다.

"안녕하세요?"

치현이가 조그마한 소리로 민우 형에게 인사했다.

"형도 과제 하러 왔어?"

민우 형에게 물었다. 형은 싱긋 웃으며 고개를 끄덕였다. 그 모습이 무척 여유로워 보였다.

"학원 과제, 너무 많지 않아요?"

치현이가 조심스레 물었다.

"글쎄?"

형은 고개를 갸웃했다. 그럼 그렇지, 학년 전체 1등이 우리랑 같을까.

"수학 과제가 좀 많긴 하지."

형이 내 쪽으로 몸을 숙여 과제집을 들여다봤다. 나는 울상을 지으며 고개를 끄덕였다.

"그래서 수업 시간에 짬짬이 풀어 놔야 해."

형이 나지막하게 말했다. 나는 눈을 동그랗게 뜨고 형을 바라보았다. 수업 시간에 풀라니 무슨 소린가 싶었다. 형이 나에게 수학 개념서를 꺼내 보라고 했다. 나는 바퀴 달린 커다란 트렁크에서 수학 개념서를 꺼냈다. 형은 내 앞에 개념서와 과제집을 나란히 놓았다. 개념서에 나온 문제 중 숫자만 조금 바꾼 문제가 과제집에 상당수 포함되어 있다고 했다.

"선생님이 개념을 설명하면서 예시 문제를 풀어 주실 때 과제집 문제도 같이 풀면, 개념도 쉽게 이해되고 과제

할 시간도 줄일 수 있어."

"우아!"

나는 민우 형을 향해 엄지손가락을 세워 보였다. 치현이는 양 손으로 쌍엄지를 만들었다. 민우 형은 밝게 웃으며 인사하고 도서관을 나갔다. 딱 필요한 순간에 나타나 큰 도움을 준 민우 형이 구세주처럼 느껴졌다.

서둘러 과제를 마치고, 학원을 향해 뛰었다. 급식도 먹는 둥 마는 둥 했는데, 간식 하나 사 먹지 못하고 겨우 시간에 맞춰 도착했다. 수업 시작 전, 선생님이 과제집을 제출하라고 했다.

'어? 그럼 민우 형 말처럼 개념 설명을 들으면서 과제집을 풀 수 없는데…….'

어리둥절한 채 과제집을 제출하고 자리로 돌아왔다. 혹시 제출할 과제집 말고 또 다른 과제집을 얘기한 건가? 과제집을 두 권 풀라는 뜻? 그런 뜻이라면 과제집 한 권도 제대로 소화하지 못하는 나에게는 소용 없는 방법이다. 기운이 쭉 빠졌다. 쓰디쓴 약을 삼킨 것처럼 입안이 썼다.

"박준서."

첫 시간 구십 분 수업 후 십 분간 주어지는 쉬는 시간에
선생님이 나를 불렀다. 선생님 앞에 내 과제집이 놓여 있
었다.

"뒷부분은 순 엉터리던데, 진짜 푼 것 맞아?"

선생님이 날 선 목소리로 물었다. 나는 고개를 푹 숙인

채 아랫입술을 깨물었다.

"겨우 일주일 조금 지났는데 벌써부터 요령을 피우면
어떡해?"

선생님이 매섭게 쏘아붙였다. 퍼스트반 열 명 중 나
처럼 건성으로 과제를 해 온 사람은 한 명도 없다며
호되게 꾸짖었다. 나는 너무 창피하고 부끄러워서
고개를 들지 못했다.

"답을 틀린 건 봐줄 수 있어. 하지만 푸
는 시늉만 한 건 용납할* 수 없어.
알겠니?"

용납하다 너그러운 마음으로 남의 말이나 행동을
　　　　받아들이다.

선생님은 과제집을 거칠게 내밀며 수업 끝나고 남아서 다시 제대로 풀고 가라고 했다. 눈물이 핑그르르 돌았다. 과제집을 들고 털레털레 자리로 돌아왔다. 그냥 이대로 집으로 가고 싶었다. 그러나 더 생각할 겨를도 없이 수업이 시작되었다.

마음을 다잡고 책을 펼쳤다. 이번에는 배에서 꼬르륵 소리가 연거푸 났다. 배가 너무 고팠다. 설움이 복받쳤다. 배고픔까지 참아 가며 앉아 있어야 하는 내 신세가 가엾게 느껴졌다. 그런저런 감정에 휩싸인 채 간신히 수업을 마쳤다.

"박준서, 내가 간식 사 줄게."

가방을 챙기며 혜린이가 말했다. 선생님에게 혼나던 내 모습이 안쓰러워 보인 모양이었다. 어쨌든 마다할 이유는 없어서 혜린이를 따라나섰다. 마음은 여전히 무거웠다. 쉬는 시간 이십 분 동안 얼른 먹고 다시 학원으로 돌아와 과제를 해야 했다.

치현이가 퍼스트반 뒷문 앞에서 기다리고 있었다. 혜린이가 치현이에게도 같이 가자고 해서 셋이 학원 건물 1층

에 있는 편의점으로 갔다. 편의점 앞은 학원에서 쏟아져
나온 아이들과 아이들이 끌고 다니는 트렁크로 복작복작
했다.

　트렁크를 끌고 다니기가 거추장스러워서 내가 편의점
앞 간이 탁자에 자리를 잡고, 혜린이와 치현이는 간식을
사 오기로 했다. 나는 가로수 아래에 가방 세 개를 기대어
놓고 곧장 엄마에게 전화를 걸었다.

　"응, 아들. 수업 끝났어?"

　엄마가 반갑게 전화를 받았다.

　"네……."

　시큰둥하게 대답하자, 엄마는 내 기분을 바로 알아차리
고 물었다.

　"왜 그래? 무슨 일 있었어? 엄마가 맛있는 거 해 놨으니
까……."

　"나 지금 못 가요."

　엄마가 무슨 일이냐고 다시 물었다.

　"한 시간 동안 자율 학습을 하고 가야 해요."

　과제를 엉터리로 해서 벌을 받게 되었다는 말은 하기 싫

었다.

"어머나, 배고플 텐데…….”

'아무래도 그만둘까 봐요.'라는 말이 목구멍까지 차올랐지만 입 밖으로 내지는 않았다. 학원에 다닌 지 얼마 되지도 않았는데, 이대로 포기하면 너무 자존심이 상할 것 같았다.

"그래도 공부 습관은 제대로 잡히겠네. 역시 이름 있는 학원은 달라.”

엄마는 만족스러운 목소리로 학원 칭찬을 했다. 좀 전까지 걱정하던 말투는 온데간데없었다.

"뭐 잠깐 사 먹을 시간은 있어?”

엄마가 물었다. 마침 혜린이와 치현이가 삼각김밥과 컵라면을 들고 왔다.

"애들이랑 간단히 먹으려고요.”

"그래. 엄마가 용돈 두둑이 넣어 둘게.”

엄마는 가볍게 말을 마치고 전화를 끊었다. 하나밖에 없는 아들이 학원 공부에 매여 저녁도 대충 때운다는데, 엄마는 걱정도 하지 않는 것 같아 살짝 서운했다.

"넌 과제 하는 거 안 힘들어?"

컵라면이 익기를 기다리며 혜린이에게 물었다. 혜린이는 삼각김밥을 들고 우걱우걱 먹었다. 혜린이도 꽤 배가 고픈 모양이었다.

"당연히 힘들지. 그래도 꾸준히 하다 보면 익숙해질 거야."

혜린이는 삼각김밥을 꿀꺽 삼키고 대답했다.

"휴, 꾸준히 하면 정말 익숙해질까?"

치현이가 푸념을 늘어놓았다. 혜린이는 덤덤한 표정으로 컵라면 뚜껑을 열었다. 나와 치현이도 나무젓가락을 뜯어 허겁지겁 라면을 먹었다.

"넌 과제 다 하면 몇 시쯤 돼?"

라면 국물까지 들이키고, 혜린이에게 물었다.

"열두 시쯤?"

혜린이가 입가를 닦으며 말했다.

"헉, 밤 열두 시까지 과제를 한다고?"

치현이가 눈을 크게 뜨고 혜린이를 보았다. 나도 놀라 입을 떡 벌렸다.

나는 밤 열 시만 되면 눈꺼풀이 내려앉아 책상에 앉아 있을 수 없다고 했다. 치현이는 그것도 대단한 거라며 나를 추켜세웠다.

"열두 시까지는 공부하고 자야지. 이 학원에 오면서 그 정도 각오도 안 했단 말이야?"

혜린이는 너무 당연하다는 표정으로 남은 삼각김밥을 베어 물었다. 그때 혜린이의 콧구멍에서 빨간 피가 주르륵 흘러내렸다.

"앗, 휴지, 휴지!"

치현이가 법석을 떨었다. 나는 재빨리 편의점으로 들어가 냅킨을 집었다. 계산대에 있던 점원 누나가 무슨 일이냐고 물었다.

"친구가, 코피요!"

짧게 대답하고 밖으로 나오는데, 점원 누나가 뒤따라왔다. 누나는 부드러운 휴지로 혜린이의 코를 막고 고개를 아래로 숙이게 했다.

"아휴, 쪼끄만 애가 이 늦은 시간에 이런 거나 먹고 다니니까……."

점원 누나가 혜린이를 쳐다보며 안타까워했다.

"괜찮아요. 여기에서 잘하려면요, 이 정도는⋯⋯."

혜린이는 점원 누나에게 코를 잡힌 채 웅얼거렸다. 어느새 쉬는 시간 이십 분이 후딱 지나갔다. 나는 코피를 쏟은 혜린이와 그 옆에서 어쩔 줄 몰라 하는 치현이를 남겨 두고, 다시 학원으로 향했다. 내딛는 발걸음이 쇳덩이보다 무겁게 느껴졌다.

같은 듯
다른 듯

저녁 여덟 시 이십 분. 치현이와 함께 학원을 나섰다. 치현이가 끙 앓는 소리를 했다. 나도 한숨이 절로 나왔다.

VIP 학원에 다니기 시작한 지 3주가 지났다. 이제 수업에는 웬만히 적응이 되었다. 치현이와 나는 학원 수업이 없는 화요일, 목요일, 토요일에도 오후 서너 시쯤 만나 몇 시간씩 과제를 했다. 원래 그 시간에는 주로 친구들이랑 축구를 했는데, 학원에 다니면서는 한 번도 하지 못했다.

"오늘은 뭘 먹을까?"

습관처럼 학원 1층 편의점에 들렀다. 삼각김밥이나 바

나나우유, 젤리 같은 간식을 사 먹고 집으로 돌아가는 게 어느덧 일과가 되었다.

"이게 수험생의 생활인가!"

치현이가 터덜터덜 걸으며 비장하게˚ 말했다.

"야, 초등학생이 무슨 수험생이냐?"

내가 어이없어 퉁을 놓았다.

"맨날 밤늦게까지 공부하지, 주말에도 못 놀지, 이게 수험생이지 뭐냐?"

치현이가 손가락을 꼽아 가며 볼멘소리를 했다. 듣고 보니 맞는 말이었다. 진짜 수험생만큼은 아니겠지만 수험생 수준으로 힘든 건 사실이었다. 요즘은 왜 이렇게 버거운 공부를 하겠다고 했는지도 가물가물했다. 엄마가 권하기는 했지만 결국 스스로 결정했고 나름 목표도 있었던 것 같은데, 지금은 그저 하루하루 수업을 따라가는 것만도 벅차다.

치현이랑 버스를 타고 학교 앞에서 내렸다.

비장하다 슬프면서도 그 감정을 억눌러 씩씩하고 장하다.

학교를 중심으로 치현이는 길 건너 단독 주택에, 나는 학교를 지나 용기산으로 올라가는 길목 입구 빌라 단지에 산다. 빌라 단지 뒤쪽 용기산 중턱에 근린공원*이 있는데, 거기에서 아이들과 축구를 하고는 했다. 그런데 마지막으로 축구를 한 게 언제였는지 기억나지 않았다. 까마득한 옛일처럼 느껴졌다.

"에잇!"

갑자기 짜증이 나서 돌멩이 하나를 발로 툭 찼다. 돌멩이가 붕 떠올라 길 위를 통통 튀어 갔다. 돌멩이를 쫓아가 다시 툭 찼다. 이번에는 담벼락에 부딪혔다가 떨어져 바닥에 데구루루 굴렀다. 계속 돌멩이를 차면서 걸었다.

툭!

데구루루!

드르륵!

툭!

데구루루!

근린공원 도심지의 주택가 주변에 있어, 시민들이 이용할 수 있는 조그마한 공원.

드르륵!
발로 차는 소리와 돌멩이 구르는
소리, 트렁크 끄는 소리가 한 묶음
이 되어 울렸다.

툭!

데구루루!

다시 돌멩이를 따라가려는 순간, "야옹!" 소리와 함께 새까만 고양이 한 마리가 쌩하니 지나갔다.

"어어!"

동시에 누군가의 목소리가 들렸다. 깜짝 놀라 고개를 돌렸다. 돌멩이만 보고 걷느라 몰랐는데, 어느새 용기산 입구에 다다라 있었다. 사방이 어두컴컴했다.

"너 뭐야!"

이번엔 누군가의 목소리에 짜증이 묻어났다.

"아, 죄송해요……."

얼른 사과했다. 목소리 주인이 내 쪽으로 성큼성큼 다가왔다. 겁이 나서 고개를 숙이고 어깨를 옴츠렸다.

"박준서?"

내 이름을 부르는 소리에 고개를 반짝 들었다. 눈앞에 민우 형이 우뚝 서 있었다.

"형……!"

긴장이 확 풀려서 목멘 소리가 나왔다.

"너 여기 왜 왔어?"

민우 형의 물음에 딱히 대꾸할 말이 없어 미적거렸다.

"형은 여기 왜 왔어?"

똑같이 묻자, 형은 돌멩이가 떨어진 자리를 가리켰다. 내가 찬 돌멩이 옆에 뚜껑이 열린 참치 캔과 물병 뚜껑이 놓여 있었다.

"아까 그 고양이 때문에?"

형이 고개를 주억거렸다. 그러고는 천천히 걸어가 참치 캔과 물병 뚜껑을 챙겼다.

"형네 고양이야?"

"그러면 이러고 있겠냐?"

형은 참치 캔을 까만 비닐봉지에 담고, 가방에서 물병을 꺼내 뚜껑을 닫았다. 나는 말없이 형을 바라보았다. 형이 왜 여기에서 길고양이를 돌보는지 궁금했다.

"여기서 나 본 거, 비밀이다."

민우 형이 걸음을 옮기며 말했다. 나는 고개를 끄덕이고 형을 따라 걸었다.

"그런데 왜 그 고양이를 보살펴?"

"걔 이름 까망이야. 내가 지어 줬어."

민우 형이 흘깃 뒤돌아보며 말했다. 고양이를 두고 가는 게 걱정스러운 모양이었다.

"두 달쯤 됐나, 우연히 만났어."

형은 학원 수업이 일찍 끝나는 날 가끔 이곳을 찾았다고 했다. 이삼십 분쯤 산책로를 따라 걷다 보면 답답하고 불안한 마음이 편안해졌다는 말에 나는 "오!" 하며 감탄사를 던졌다.

"형도 답답하고 불안할 때가 있어?"

"그럼. 난 안 그럴 것 같아?"

민우 형이 어이없다는 듯 씩 웃었다.
나는 멋쩍어서 뒷머리를 긁적였다.

"처음에는 어미 고양이랑 같이 다니더라고."

그런데 언제부턴가 어미는 보이지 않고, 새끼만 파들파들 떨면서 풀숲을 헤매고 다니더란다. 그때부터 까망이를 보살피려고 더 자주 왔다나.

"이제 겨우 친해져서 먹을 걸 좀 주기 시작했는데……."

민우 형은 몹시 아쉬워했다. 오늘도 까망이에게 먹을 걸 주고 있었는데 내가 훼방을 놓은 셈이었다. 나는 민우 형에게 다시 사과했다. 그리고 기회가 있다면 까망이에게도 사과해야지 생각했다.

　　"다음에는 나도 까망이한테 먹이 줄게."

　　"친해지려면 꽤 걸릴걸?"

　　"형처럼 자주 오면 되지."

　　민우 형만큼 공을 들이면 친해질 수 있을 것 같았다. 하지만 형은 고개를 저었다.

　　"왜? 나는 친해지지 못할 것 같아? 돌 던져서?"

　　"그게 아니고…… 너 여기에 와서 오후 내내 기다릴 수 있어?"

　　민우 형이 나직하게 물었다. 표정도 진지했다.

　　"……"

　　갑자기 말문이 막혔다. 오후 내내? 음, 오후에는 학원에 가야 하는데……. 과제도 해야 하고…….

　　"그만큼 네 시간을 써야 한다고. 쉬운 일이 아니야."

　　민우 형이 내 어깨를 다독거렸다. 나는 형을 물끄러미

바라보았다.

"형도 그렇게 했어?"

"아마도?"

형이 나를 보며 싱긋 웃었다. 나는 절레절레 고개를 저었다. 형의 말이 사실일 리 없었다. 민우 형은 5학년인데다가 의대반이다. 나도 내지 못하는 시간을 형이 낸다는 건 불가능하다.

"에이, 거짓말. 아니지?"

형에게 물음표를 날렸다. 형은 멀뚱한 표정으로 나를 보았다.

"형처럼 바쁜 사람이 까망이를 만나려고 오후 내내 여기에서 시간을 보냈을 리 없잖아. 그러지 말고 알려 줘. 까망이랑 친해지려면 어떻게 해야 해?"

그제야 형은 무슨 말인지 이해했다는 듯 빙시레 웃었다. 하지만 그뿐이었다. 아, 내가 까망이랑 친해지는 게 싫은가 보구나. 그것도 모르고 눈치 없이 굴었지 싶었다.

"학원은 다닐 만해?"

내 짐작이 맞았는지 형이 말머리를 돌렸다.

"그럴 리 있겠어?"

나는 풀이 죽어 고개를 떨구었다.

"형은 어때? 형은 학원에 다니는 거 신나지?"

"그럴 리 있겠어?"

형이 나를 쳐다보며 내 말을 따라 했다.

"치, 학년 전체 1등이 신나지 않을 리 없지!"

나도 모르게 말이 퉁명스럽게 나왔다. 형은 잠자코 트
렁크만 끌었다. 어, 뭐지? 형도 학원에 다니는 게 힘든가?
나는 형 앞으로 고개를 디밀었다.

"형도 나처럼 학원에 다니는 거 힘들어?"

"그렇지, 뭐……."

형의 목소리에 기운이 없었다. 늘 자신만만하던 모습이 아니라 조금 낯설었다.

"학원을 신나서 다니는 사람이 어딨냐?"

형이 말끝에 피식 웃음을 매달았다.

"아!"

학원에서 인정받는 우등생도 나처럼 힘들어하는구나, 생각하니 형이 왠지 가깝게 느껴졌다. 나도 지금 이 고비만 잘 넘기면 형처럼 될 수 있을지 모른다. 의대반에 올라가고, 학년 전체 1등을 하고. 처음에 품었던 희망이 다시금 피어올랐다.

"그런데 형!"

나는 수학 시간에 개념서와 과제집을 같이 놓고 풀라던 형의 말에 대해 물었다.

"수업 시작 전에 과제집을 제출해야 해서 같이 풀 수 없었어. 설마 과제집을 두 권 풀라는 뜻은 아니었지?"

"맞는데? 당연히 과제집은 두 권을 풀어야지."

내 예상이 맞았다. 나는 쩍 벌어진 입을 다물지 못했다. 그래도 설마설마했는데 정말로 두 권을 풀라는 뜻이었다니……. 확실히 1등은 다르구나. 잠깐이나마 가깝게 느껴졌던 마음이 일순간에 사라져 버렸다. 민우 형처럼 될 수 있으리라는 기대감도 시들해졌다.

무명 배우
삼촌

오랜만에 용기산 공원 운동장에서 아이들이랑 축구를
하기로 했다. 그런데 황사 때문에 공원이 임시 폐쇄되어
결국 하지 못했다.

"아휴, 하필 일요일에!"

축구공을 어깨에 얹고 공원을 내려오며, 치현이가 투덜
거렸다.

"4월은 늘 이 모양이야!"

같이 간 주헌이도 구시렁거렸다. 나도 입이 쑥 나와 터
덜터덜 걸었다.

"어, 고양이다!"

용기산 입구 근처 유아 숲 체험장을 지나는데 민준이가 소리쳤다. 아이들이 일제히 민준이가 가리킨 방향을 쳐다보았다. 털이 새까만 게 까망이 같았다.

"고양이 잡으러 가자!"

민준이가 아이들을 이끌고 까망이가 사라진 쪽으로 내달렸다. 순간 말려야겠다는 생각이 들었다. 나는 아이들을 뒤따라가며 그만두라고 외쳤다.

"왜?"

민준이가 얼굴을 잔뜩 찌푸린 채 따지듯 물었다.

"황사가 심한 날엔 뛰어다니지 말랬잖아. 호흡기에 안 좋다고."

나는 얼른 황사 핑계를 댔다. 까망이 이야기는 간단히 끝낼 수 없었다.

민우 형 말대로 까망이는 낯가림이 심했다. 학원 수업이 끝나고 어스름이 깔릴 무렵 먹을 것을 가지고 몇 번 찾아갔지만 한 번도 만나지 못했다. 까망이가 올 만한 곳에

음식을 두고 나중에 가 보면 음식만 사라져 있고는 했다. 까망이가 먹은 건지, 다른 고양이가 먹은 건지는 알 수 없었지만 까망이가 먹었길 바랐다.

내가 까망이를 보러 다니는 건 치현이에게도 말하지 않았다. 같은 학원에 다니지만 반이 달라서 길게 얘기할 시간이 없었고, 다른 아이들이랑 같이 있을 때 얘기하면 치현이가 서운해할 것 같아서 나중에 따로 얘기해야지 생각했다.

다행인지 까망이는 아니, 까망이일지도 모르는 고양이는 재빨리 모습을 감췄다. 아이들은 몹시 실망한 얼굴로 산을 내려왔다. 민준이가 모인 김에 자기 집에 가서 보드게임을 하자고 했다. 갑자기 맥이 탁 풀렸다.

"싫어?"

민준이가 대뜸 물었다. 내 얼굴에서 떨떠름한 기색을 읽은 모양이었다.

"아니, 모처럼 밖에 나왔는데 다시 집으로 들어가는 게 ······."

사실 보드 게임도 하고 싶지 않았다. 오늘만큼은 그냥

아무 생각 없이 밖에서 뛰어놀고 싶었다.

"그럼 넌 집에 가서 학원 숙제나 해."

주헌이가 눈을 내리깔며 삐딱하게 말했다. 기분이 확 상했다. 뭐라고 대꾸하려는데 치현이가 나섰다.

"야, 넌 무슨 말을 그렇게 하냐?"

"이치현, 너도 집에 가서 숙제나 해라."

명찬이가 주헌이 옆에 바짝 붙어 서서 비꼬았다. 순식간에 분위기가 이상해졌다.

"야, 너희들 왜 그러냐?"

치현이가 당황해서 묻자, 이번에는 민준이가 맞받았다.

"우리가 뭐? 너희는 너희 필요할 때만 우리를 찾잖아!"

"맞아. 놀자고 하면 맨날 학원 숙제 핑계나 대고!"

"그러니까!"

주헌이와 명찬이도 민준이의 말을 거들었다. 나와 치현이는 멍하니 선 채 아무 말도 못 했다. 아이들의 갑작스러운 공격에 잠시 말을 잃었다.

"너희는 학원에 열심히 다녀서 의사 돼라. 우린 우리끼리 놀 테니까."

　민준이가 거칠게 말을 뱉고 등을 돌렸다. 주헌이와 명
찬이도 입을 삐죽거리며 앵돌아섰다. 아이들은 뒤도 돌아
보지 않고 그대로 가 버렸다.

　"뭐지……?"

　"쟤네 왜 저러냐……?"

　두 달 가까이 아이들이랑 놀지 못한 건 사실이었다. 엄
청난 과제에 파묻혀 지내야 했기 때문이다. 그래서 오늘
은 어떻게든 시간을 내어 같이 놀려고 했는데, 아이들은
그 마음도 몰라주고 야속한 말만 퍼부었다. 마치 셋이 약
속이라도 한 듯 우리를 몰아세웠다.

　나와 치현이는 휘적휘적 걸었다.

　"쟤들 계속 저럴 것 같지?"

　치현이가 물었다. 나는 말없이 고개를 끄덕였다.

　"쳇, 누구는 뭐 놀기 싫어서 안 노나? 우리도 놀고 싶거
든!"

　치현이가 빽 소리를 질렀다. 치현이도 꽤 속상한
듯했다. 우리는 기운이 빠져서 각자 집으로 가기로

했다. 어차피 학원 숙제도 해야 했다.

빌라 앞에서 민우 형네 집을 올려다보았다. 민우 형도 공부 때문에 친구들이랑 멀어진 적이 있는지 물어보고 싶었다. 하지만 민우 형 집은 불이 꺼져 있었다. 그러고 보니 요즘 민우 형이 통 보이지 않았다. 학원에서도, 학교에서도, 용기산에 까망이를 만나러 가서도 보지 못했다. 무슨 일이 있나 슬그머니 걱정되었다. 그러나 곧 도리질을 쳤다. 내 코가 석 자인데 누굴 걱정하나 싶었다.

현관 도어 록을 여는데 집 안에서 치킨 냄새가 솔솔 풍겼다.

"나 빼고 치킨 먹어요?"

냅다 목청을 높이며 신발을 벗었다. 주방에서 삼촌이 불쑥 나왔다.

"삼촌!"

나는 냉큼 달려가 삼촌의 품에 안겼다.

"와, 준서, 엄청 컸네. 우리 만난 지 그렇게 오래됐나?"

삼촌이 벙글벙글 웃으며 내 얼굴을 살폈다.

"작년에는 한 번도 못 봤을걸?"

나도 삼촌과 눈을 맞추며 들뜬 목소리로 말했다. 삼촌이 고개를 끄덕였다.

엄마의 막냇동생인 삼촌은 대학을 졸업하고, 그러니까 내가 초등학교 2학년 때까지 5년 동안 우리 집에서 살았다. 삼촌은 거의 매일 새벽같이 일어나 학원에 갔다. 회사에 보낼 이력서와 자기소개서를 쓰고, 짬짬이 면접을 보러 다녔다. 그러다가 취직해서 회사에 다니기 시작했다. 새벽같이 나가 공부하고 오후 내내 아르바이트를 하고 돌아와서도 나랑 놀아 주고 늘 웃던 삼촌은 회사를 다니면서 얼굴이 어두워지고, 말수도 적어졌다. 그런 삼촌을 보면서 나는 삼촌이 회사에 다니지 않았으면 하고 바랐다. 회사가 삼촌을 힘들게 하는 것 같았다.

"돈도 잘 못 버는 애가 무슨 치킨을 두 마리씩이나 사 왔니?"

엄마의 목소리에 못마땅한 기색이 고스란히 드러났다.

"에이, 누나. 그래도 이번에는 출연료 받는다니까."

삼촌이 내 어깨를 감싸며 능청스레 말했다. 삼촌은 오래전부터 꿈꿔 온 연극배우가 되겠다며 재작년 겨울 다니던 회사를 그만두고 극단에 들어갔다.

"출연료? 기껏 쥐꼬리만 한 출연료 받으려고……."

"여보, 준서도 듣는데 그만하지……."

아빠가 엄마의 말을 끊었다. 하지만 정작 나는 아무렇지 않았다. 삼촌이 연극을 하겠다고 선언했을 때부터 오늘 같은 실랑이는 늘 있어 왔다.

"내가 속이 상해서 그러지. 남들 다 부러워하는 명문대 나와서 어이없이 웬 연극이냐고."

엄마가 식탁에 치킨을 올려놓으며 구시렁거렸다. 아빠는 컵과 앞접시 따위를 챙겼다.

"내가 좋다는데, 너희 엄마는 왜 자꾸 저러니?"

엄마가 타박을 놓아도 삼촌은 연신 싱글벙글했다. 얼굴에 생기가 넘쳤다.

"취업이라도 못 했으면 또 몰라. 정규직 전환을 코앞에 두고 회사를 그만두는 사람이 대체……."

"아! 아! 안 들린다, 안 들려!"

엄마의 잔소리가 길어지자 삼촌은 두 손으로 귀를 막았다 뗐다 했다. 입을 동그랗게 벌린 모양이 몹시 장난스러워 보였다. 나는 삼촌을 보며 풋 웃었다.

"준서야, 너는 잔소리 괴물을 조심하거라! 알겠느냐?"

삼촌이 연극배우처럼 아니, 이미 연극배우니까 연극배우답게 우렁우렁한 목소리로 말했다.

"김윤철, 너 언제 철들래?"

엄마가 여전히 화난 목소리로 쯧쯧거렸다.

"아이고, 따뜻할 때 먹자. 맛있겠네, 처남!"

아빠가 삼촌을 식탁으로 이끌었다. 나도 삼촌 옆에 자리를 잡고 앉았다. 프라이드치킨에서 김이 폴폴 났다.

"너 보려고 왔는데 놀러 나갔다고 해서 서운해하고 있었어."

삼촌이 치킨 한 조각을 접시에 덜며 씩 웃었다.

"그런데 왜 이렇게 일찍 들어왔어? 친구들이랑 모처럼 논다고 들떠서 나갔잖아?"

엄마가 뜻밖이라는 듯 고개를 갸웃했다.

"황사 때문에요."

"오, 나는 그 황사 덕분에 준서 얼굴을 보게 됐네."

삼촌이 또 싱긋 웃었다.

"삼촌, 금방 갈 거야?"

"삼촌이 요즘 많이 바쁘대."

삼촌 대신 아빠가 대답했다.

나는 입을 삐죽 내밀었다. 오랜만에 만났는데 바로 헤어져야 한다니 너무 아쉬웠다.

"본격적으로 연습에 들어가면 더 바빠질 거라서 오늘

온 거야. 이번 연극 끝나면 또 올게."

　"준서 바빠. 우리도 평일에는 얼굴 보기 힘들어. 그러니까 아무 때나 불쑥 오지 말고 미리 연락하고 와."

　엄마가 차갑게 말했다.

"응? 초등학생이 뭘 하느라 그렇게 바빠?"

삼촌이 두 눈을 크게 뜨고 나를 보았다. 나는 치킨을 우 걱우걱 씹으며 말했다.

"학원 수업이 저녁 여덟 시에 끝나거든."

"저녁 여덟 시?"

삼촌의 눈이 더 커졌다. 나는 고개를 끄덕거렸다.

"아니, 무슨 학원이 초등학생을 저녁 여덟 시까지 붙잡아 놔?"

"VIP 학원이라고 거기 의대반에 가겠대서……."

아빠가 치킨 무를 아작 씹으며 말했다.

"의대반이요?"

삼촌이 쉿소리를 냈다.

"그 학원 의대반에 들어가려고 다른 학원까지 다니면서 준비했어. 그런데도 못 들어갔다니까. 다행히 바로 아랫반이라 조금만 노력하면 될 것 같은데……. 박준서, 너 다음 배치 고사 때는 알지?"

엄마가 눈을 갸름하게 뜨고 나를 보았다. 나도 모르게 입이 쑥 나왔다.

"준서야, 너 의사 되고 싶어?"

삼촌이 물었다.

"꼭 그런 건 아닌데……."

대답을 얼버무렸다. 의사가 되면 좋을 것 같기는 한데 여전히 마음을 굳히지는 못했다.

"꼭 그런 것도 아닌데 뭐 하러 그 고생을 지금부터 해?"

삼촌이 이해되지 않는다는 표정으로 나를 쳐다보았다.

"얘가 속 편한 소리 하고 있네. 꼭 의사가 안 되더라도 의대반에 다니면서 미리미리 대비해야 최소한 명문대에는 갈 거 아니야."

엄마가 핀잔했지만 삼촌은 듣는 둥 마는 둥 다시 나에게 질문했다.

"준서야, 그 학원, 네가 가고 싶다고 해서 간 거 맞아?"

나는 닭 다리를 양념에 찍다가 잠시 멈칫했다. 내가 가고 싶다고 했나? 갑자기 기억이 나지 않았다.

"당연히 준서가 가고 싶다고 해서 보냈지, 우리가 억지로 등 떠밀었겠니? 너 왜 자꾸 엉뚱한 소리를 해?"

엄마가 신경질을 냈다. 삼촌은 헛기침을 하고 말했다.

"뭐, 네가 가고 싶어서 간 거라면 할 말 없는데……."

"그럼 말을 말아."

엄마가 단호하게 잘랐다. 그래도 삼촌은 꿋꿋하게 말을 이었다.

"나는 준서가 이 학원, 저 학원 다니기 전에 어떤 사람이 되고 싶은지부터 생각했으면 좋겠어."

"이거 보세요, 무명 배우님. 그게 조카한테 할 소리야?"

"응! 이제야 비로소 되고 싶었던 무명 배우가 되어서 하는 말이야."

삼촌은 단단한 목소리로 엄마에게 맞섰다.

"어려서부터 연극배우가 되고 싶었는데 주위 사람들의 눈치를 보느라 너무 오랜 시간을 돌아왔어. 남들 다 가는 대학에 들어가려고 너처럼 어릴 때부터 이 학원, 저 학원을 옮겨 다녔고, 대학 졸업하고 나서는 또 남들 다 가는 직장에 들어가려고 기를 쓰고 공부했고……."

"윤철아, 안 바빠?"

엄마가 삼촌의 말을 끊으려고 했다. 하지만 삼촌은 굴하지 않고 하려던 말을 계속했다.

"삼촌은 지금이 정말 좋아. 돈은 조금 못 벌어도 진짜
하고 싶은 일을 하는 지금이……."
"에이, 다 처남처럼 살 수는 없지."

아빠까지 삼촌의 말을 자르며 엄마 편을 들었다.

"물론 다 저처럼 살 수는 없지요. 그래도 저는 준서가 정말 자신이 좋아하는 게 뭔지, 하고 싶은 게 뭔지……."

"그런 거 다 생각하면서 다니는 거야!"

엄마가 짜증스레 대꾸했다.

"정말? 정말로 그런 생각하면서 다니는 거야?"

삼촌이 눈을 반짝이며 나에게 물었다.

진심으로 알고 싶어 하는 눈빛이었다.

당장이라도 엄마가 발끈 화를 내

며 삼촌을 내쫓을 것 같았다. 내가 나서야 했다.

"그럼! 다 생각하면서 다니지."

나는 얼른 삼촌과 눈을 맞췄다.

"진짜?"

삼촌의 눈에 여전히 걱정이 서려 있었다. 나는 삼촌을 향해 힘차게 고개를 끄덕였다.

삼촌의 말은 어렵지 않았다. 다른 사람들이 원하는 것이 아니라, 내가 원하는 것을 찾으라는 거였다. 하지만 삼촌을 보면 솔직히 잘 모르겠다. 후줄근한 옷차림에 밥벌이는 못하지만 원하는 길을 찾은 삼촌과, 멋지게 차려입고 안정된 직장을 다니지만 길을 찾지 못해 방황하는 삼촌 중 어떤 삼촌이 더 나은지 말이다. 어쨌든 나의 명쾌한 대답으로 끝나지 않을 것 같던 식탁 위 전쟁은 간단히 끝이 났다.

뜯긴 석차표

딩동.

문자 메시지가 왔다. VIP 학원이었다.

나는 교실을 빠져나오기 무섭게 휴대 전화를 켰다.

[VIP 학원] 4월 정기 평가 결과 박준서 어린이는

라인반에 배정되었습니다.

나는 두 눈을 비비고 다시 문자 메시지를 확인했다. 있
는 그대로였다.

"왜 그래?"

치현이가 내 앞으로 얼굴을 드밀고 조심스럽게 표정을 살폈다. 내가 좀 이상해 보이긴 했을 거다. 문자 메시지를 보는 순간 심장이 내려앉는 줄 알았으니까. 불안하기는 했지만 그래도 지금 반은 당연히 유지할 줄 알았는데…….

지난 주 금요일, 학원에서 4월 정기 평가를 치렀다.

"괜찮아. 긴장하지 말고 평소 하던 대로 해."

시험 치는 날 아침, 잔뜩 굳은 나에게 엄마가 말했다. 하지만 표정은 정반대였다. '이번에는 꼭 의대반으로 올라가야 한다.'고 눈빛으로 전했다. 나에게 긴장하지 말라던 엄마는 나보다 더 긴장해서 연신 가슴을 쓸어내렸다.

그렇게 엄마와 내가 간절히 바랐건만, 결과는 충격적이었다. 의대반은커녕 퍼스트반도 유지하지 못했다. 엄마에게 뭐라고 하지? 그보다 왜 이런 결과가 나온 걸까? 도대체 얼마나 더 열심히 해야 의대반으로 올라갈 수 있는 거야? 짧은 순간 오만가지 생각이 머리를 스쳤다.

"왜 그러냐니까?"

치현이가 다시 물었다. 치현이에게 문자 메시지를 보여 줬다.

"헉!"

치현이도 나 못지않게 놀랐다.

"도대체 다른 애들은 얼마나 더 열심히 한 거야……."

치현이가 힐끔힐끔 내 얼굴을 살폈다. 나를 위로하려고 한 말이었지만 조금도 위로가 되지 않았다. 엄마의 싸늘한 얼굴이 떠올랐다. 대체 어떻게 했기에 퍼스트반까지 떨어져? 공부를 제대로 하긴 한 거야? 날카로운 목소리가 귓가를 때리는 듯했다.

"어떡하지……."

다리에 힘이 빠져서 휘청휘청했다. 안 되겠다 싶었는지 치현이가 나를 상가 골목 옆 놀이터로 잡아끌었다. 잠시 앉아서 마음을 추스르고 가자고 했다.

놀이터 벤치에 앉아 멀거니 앞을 바라보았다. 아이들이 가방을 아무렇게나 벗어 던지고 놀이터 곳곳을 뛰어다녔다. 몇몇은 한쪽에 둥글게 모여 앉아 재잘재잘 떠들었다.

저 애들은 몇 학년일까? 3학년? 아니면 나랑 같은 4학년? 신나게 뛰어노는 아이들을 보니 불쑥 억울한 감정이 솟구쳤다.

"정말 열심히 했는데……."

말을 꺼내자마자 눈물방울이 뚝뚝 떨어졌다.

"알지, 너 열심히 한 거! 거의 놀지도 않았잖아……."

치현이가 힘차게 고개를 끄덕이며 내 말에 맞장구쳤다. 나는 손등으로 눈물을 쓱 닦았다.

"참, 너는?"

너무 내 얘기만 한 것 같아서 치현이에게 물었다.

"난 그대로야."

치현이가 시큰둥하게 말했다. 순간 다행이라는 생각이 스쳤다. 치현이가 라인반으로 올라왔다면 더 속상했을 것 같았다. 어느새 치현이까지 경쟁자로 보고 있는 내가 한심하게 느껴졌다. 그런 생각을 하는 줄도 모르고 나를 진심으로 위로해 주는 치현이에게 미안한 마음이 들었다.

"혜린이는 어떻게 됐을까?"

치현이가 물음표를 던졌다. 나도 살짝 궁금했지만 굳이

지금 연락해서 묻고 싶지는 않았다.

"창피해서 어떡하지."

"야, 라인반이 창피하면 나는 어쩌라고?"

치현이가 과장되게 목소리를 높였다. 이상하게 이 말은 조금 위로가 됐다.

엉덩이를 털고 자리에서 일어나는데 엄마에게 전화가 왔다. 라인반에 배정되었다고 솔직하게 말했다. 어차피 엄마도 곧 알게 될 일이었다. 학원에서 연락할 테니까. 엄마는 내 말을 듣고 한숨부터 내쉬었다.

"아줌마, 준서 울었어요!"

옆에서 치현이가 소리를 질렀다. 놀라서 얼른 전화기를 손으로 막았다. 그런데 치현이 말이 엄마에게 통한 모양이었다.

"울어? 왜?"

엄마가 다그쳐 물었다. 전화기 쪽으로 바짝 귀를 대고 있던 치현이가 아예 내 휴대 전화를 낚아채듯 붙잡고 소리쳤다.

"시험 못 봐서 속상하다고 막 울었어요! 준서 너무 불쌍

해요!”

"야, 왜 그래…….”

치현이를 팔꿈치로 툭 밀었다. 정말 내가 불쌍해진 것만 같았다.

"박준서."

엄마가 차분한 목소리로 나를 불렀다.

"뭘 그런 일로 울어? 이 악물고 다음에 잘하면 되지.”

뜻밖의 반응에 얼떨떨했지만 마음은 조금 가벼워졌다. 다음에 잘하라는 말이 무겁게 느껴졌지만 그래도 일단 한숨 돌렸다.

치현이랑 버스 정류장에서 내려 학원 쪽으로 가는데, 저만치에서 혜린이가 오고 있었다. 학습용 태블릿 피시에 시선을 고정한 채 트렁크를 끌면서 걸어왔다. 나도 저렇게 걸어 다니면서까지 공부를 했어야 했나 싶었다. 혜린이에게 다가가 물었다.

"넌 평가 결과 어떻게 나왔어?”

"그대로야. 아유, 진짜 어떻게 해야 의대반으로 올라갈 수 있냐고!”

혜린이는 속상한지 발까지 쿵쿵 굴렀다. 나는 고개를 푹 숙였다.

"너는?"

혜린이가 나에게 물었다.

"야, 나는 궁금하지 않냐?"

치현이가 나를 힐끔 쳐다보며 톡 쏘았다. 내가 대답하기 곤란할까 봐 일부러 그러는 거였다. 하지만 학원에 가면 바로 알게 될 일이라 최대한 덤덤하게 이야기했다.

"라인반."

"진짜? 왜?"

혜린이가 눈을 동그랗게 떴다. 나는 실없이 웃었다. 혜린이 앞에서 바보같이 울 수는 없었다. 혜린이도 내 기분을 눈치챘는지 더는 묻지 않았다. 마침 엘리베이터가 도착해서 우리는 입을 꾹 다문 채 엘리베이터에 올라탔다.

"와, 진짜네……."

"이게 무슨 일이야?"

엘리베이터에서 내리는데, 안내 게시판 앞이 소란스러웠다. 고개를 갸우뚱하며 게시판 쪽으로 다가갔다.

"이민우가 떨어지다니!"

이민우? 민우 형? 익숙한 이름이 들려서 목을 길게 빼고 게시판을 올려다보았다.

4월 정기 평가 결과표가 붙어 있었다. 초등부 3학년부터 6학년 그리고 중등부까지 모두 일곱 장의 종이에 학년별로 1등부터 3등까지 이름이 적혀 있었다. 5학년 1등은 김승기

99

였다. 학년 전체 1등을 해서 장학금까지 받은 민우 형의 이름은 아예 석차표에 없었다.

"김승기, 네가 1등인데?"

누군가 큰 소리로 외쳤다. 목소리가 들려온 쪽으로 고개를 돌리자, 우리 학교 5학년 승기 형이 게시판을 바라보며 싱글거리고 있었다.

승기 형은 민우 형과 많이 달랐다. 친구들이랑 우르르 몰려다니고 행동이나 말도 좀 거칠었다. 승기 형 무리가 학교 운동장에서 축구를 하고 있으면 다른 애들은 운동장을 쓸 수 없었다. 운동장이 자기네 거라도 되는 양 다 차지하고 못 들어오게 했기 때문이다. 심지어 6학년 형들도 승기 형네가 운동장을 차지하고 있으면 피할 정도였다. 그런 승기 형이 공부를 잘한다니 괜스레 마음에 들지 않았다. 뭔가 불공평하다는 생각도 들었다.

"이민우의 아성*을 무너뜨렸어!"

"잘했다, 김승기!"

아성 아주 중요한 근거지를 비유적으로 이르는 말.

승기 형 옆에 있던 형들이 입에 침이 마르도록 승기 형을 칭찬했다.

"그런데 이민우는 3등 안에도 없네."

"걔 요즘 이상하지 않냐?"

형들이 수군거렸다.

"그러게. 쭉 1등만 하던 애가."

"이제 떨어질 때도 됐지, 뭐."

승기 형 친구들로 보이는 형들이 서로 눈을 맞추며 키득거렸다. 누가 들어도 기분 나쁜 웃음이었다.

"이제부터 5학년 기강은 내가 잡는다! 기대해."

승기 형이 잔뜩 거드름을 피우며 말했다. 옆에 서 있던 형들이 "오!" 하며 손뼉을 쳤다. 왠지 그 말이 민우 형을 겨냥해 하는 소리 같아서 귀에 거슬렸다.

"뭐야, 저 형도 이 학원에 다녔어?"

치현이가 승기 형을 보며 마음에 안 든다는 듯 고개를 저었다. 그때였다. 승기 형 무리 중 한 명이 엘리베이터 쪽을 향해 말을 던졌다.

"이민우, 너 이번에 몇 등 한 거냐?"

"의대반에 있기는 한 거지?"

게시판 앞에 서 있던 아이들이 동시에 엘리베이터 쪽으로 고개를 돌렸다. 엘리베이터 앞에 민우 형이 서 있었다. 승기 형이 뚜벅뚜벅 걸어가 민우 형 앞에 섰다.

"어떡하냐, 이민우!"

승기 형은 기분 나쁜 웃음을 흘리며 5학년 의대반 교실로 들어갔다. 승기 형 무리도 피식거리며 뒤따라 들어갔다. 민우 형은 게시판을 향해 성큼성큼 다가갔다. 그러고는 북! 5학년 석차표를 뜯어 버렸다. 아이들은 얼떨떨한 눈으로 민우 형을 쳐다보았다. 형은 개의치 않고 다시 엘리베이터에 올라탔다. 민우 형을 태운 엘리베이터는 빠르게 아래로, 아래로 내려갔다.

소문과 주먹

민우 형 이야기는 삽시간에 학원 전체로 퍼졌다.

3학년 10월 평가부터 4학년 마지막 평가까지 줄곧 학년 1등을 놓치지 않았던 민우 형이 5학년에 올라와 불과 두 달 만에 3등 밖으로 밀려났다. 뿐만 아니라 게시판에 붙은 석차표를 뜯고 수업도 듣지 않고 학원을 뛰쳐나갔다. VIP 학원의 자랑이던 형의 행동에 모두가 충격을 받았다. 나도 몹시 당황스러웠다. 한편으로 민우 형이 걱정되기도 했다.

"황재민! 노멀반에서 올라온 친구다! 박수!"

박수 소리에 놀라 고개를 들었다. 라인반 선생님과 눈이 딱 마주쳤다.

"반대로 퍼스트반에서 내려온 친구도 있다. 박준서!"

선생님의 말에 라인반 아이들의 눈길이 모두 나에게로 쏠렸다. 얼른 다시 고개를 숙였다.

"너희들, 자전거 타 본 적 있지?"

라인반 선생님이 나에게 보냈던 눈길을 거두고 아이들에게 물었다. 아이들이 "네!" 하고 대답했다.

"오르막길은 페달을 밟아도 올라가기가 힘들지만, 내리막길은 어때? 페달을 밟지 않아도 순식간에 내려오지?"

이번에도 아이들이 "네!" 대답했다.

"성적도 마찬가지야. 내리막길처럼 한번 내려오기 시작하면 걷잡을 수 없어. 그래서 최소한은 유지해야 해. 지난 두 달 동안 지겹게 본 얼굴들을 또 봐야 한다는 게 여러분은 물론 나로서도 굉장히 안타깝지만, 퍼스트반에서 내려온 친구도 있으니까 위안으로 삼고, 다음 정기 평가에서는 꼭 퍼스트반, 더 나아가 의대반까지도 올라갈 수 있도록 힘차게 달려 보자."

라인반 선생님이 나를 콕 짚어 말했다. 너무 창피하고 속상해서 눈물이 다 나려고 했다. 민우 형을 걱정할 처지가 아니었다. 나는 정신을 가다듬고 교재를 펼쳤다. 그러나 한번 내려오기 시작하면 걷잡을 수 없다는 선생님의 말이 맞는지, 라인반의 수업도 힘에 부쳤다. 수업 내내 마음이 삐걱거렸다.

"괜찮았어?"

수업을 끝내고 교실에서 나오는데 치현이가 다가왔다. 옆에 혜린이도 있었다. 나는 아무렇지 않은 척 씩 웃었다.

"내가 간식 살게."

혜린이가 앞장섰다. 셋이 1층 편의점 파라솔 아래에 또 모여 앉았다.

"민우 형은 어디로 갔을까?"

아이스크림을 떠먹으며 치현이가 말했다.

"얌전해 보였는데, 아니었나 봐."

혜린이의 말이 조금 거슬렸다. 형을 잘 모르면서 섣불리 판단하는 것 같았다.

"엄청 착하고 좋은 형이야."

일부러 목소리에 힘주어 말했다. 뜯긴 석차표를 들고 엘리베이터로 향하던 민우 형의 뒷모습이 눈앞에 어른거렸다.

'민우 형……, 대체 무슨 일이야…….'

학원을 뛰쳐나간 형이 바로 집으로 갔을 것 같지는 않았다. 문득 뭔가가 생각났다. 그래, 까망이!

"얘들아, 나 먼저 갈게."

나는 자리에서 벌떡 일어났다. 치현이와 혜린이가 놀란 눈으로 나를 쳐다보았다.

아홉 시가 다 되어 용기산 입구에 다다랐다. 주황색 가로등이 켜진 길목에 저녁 산책을 나온 사람들이 간간이 눈에 띄었다. 큼지막한 트렁크를 끌고 가는 사람은 나밖에 없었다. 민망해서 고개를 푹 숙이고 걸었다.

'까망이는 못 만나겠구나.'

까망이는 사람들이 많이 지나다닐 땐 코빼기도 내밀지 않았다. 그럼 민우 형도 없을 것 같은데…….

민우 형과 까망이를 만났던 산책로 뒤쪽 풀숲 주위를 둘러보았다. 짐작한 대로 까망이는 보이지 않았다.

'여기에 안 왔으면 집으로 갔나? 그런데 정말 무엇 때문에 그렇게 화가 났을까?'

학원에서 본 형은 스스로 조절하지 못할 만큼 화나 보였다. 그토록 무서운 얼굴은 처음이었다.

석차표에 자기 이름이 없어서 그랬나? 늘 1등만 해 왔으니 그럴 수도 있지 싶었다. 민우 형 집으로 가 볼까 생각했다. 하지만 오늘은 형을 만나지 않는 게 나을 것 같았다. 내가 무슨 얘기를 해도 위로가 되지 않을 거였다. 라 인반으로 떨어진 나에게 치현이의 말이 전혀 위로되지 않았던 것처럼.

전화 통화할 때 너그럽게 봐주는 듯했던 엄마는 내가 집에 들어가자마자 걱정과 잔소리를 쏟아 냈다. 가시 돋친 말속에는 삼촌에 관한 것도 섞여 있었다.

"너희 삼촌이 의사가 됐어 봐. 연극 한다고 그 아까운 의사 가운을 벗어 던졌겠니?"

엄마는 확신에 찬 목소리로 말했다. 듣고 보니 그런가

싶었다. 삼촌에게 확인해 볼까 하다가 말았다. 전화를 걸기에는 시간이 너무 늦었고 질문도 좀 뜬금없는 느낌이었다. 그보다 오늘 치 학원 과제를 해야 했다. 나는 얼른 책상 앞에 앉아 문제집을 펼쳤다.

다음 날, 교실에 들어서는데 치현이가 달려왔다.
"민우 형 말이야, 왕따를 당했다는데?"
"그게 무슨 소리야?"
눈이 휘둥그레져서 물었다.
"어제 너 가고 혜린이랑 둘이 있는데 5학년 누나들이 지나가면서 그랬어. 승기 형네가 민우 형을 왕따 시켰다고."
치현이가 흥분해서 소리쳤다. 옆에 있던 아이들이 치현이를 힐끔 쳐다보았다.
"승기 형이 왜 민우 형을 왕따 시켜?"
다시 물었지만 치현이도 이유는 모른다고 했다. 어쨌든 왕따를 당한 건 확실하다고 덧붙였다. 그제야 알 것 같았다. 민우 형이 그토록 심하게 화낸 이유를. 성적이 급격히 떨어진 이유도.

‘그래서 공부를 제대로 못 했나 보네…….’

생각해 보니 까망이를 보살핀 것도 외롭고 힘든 마음을 달래려던 거였지 싶었다.

“어쩐지 그 시간에 혼자 산에 있는 게 이상했어…….”

나도 모르게 중얼거렸다. 치현이가 무슨 소리냐고 물었다. 나는 용기산 입구에서 민우 형을 만난 얘기를 풀어놓았다. 치현이는 한숨을 푹푹 쉬며 민우 형을 걱정했다. 나도 민우 형 걱정을 쏟아냈다. 그러나 우리의 관심은 으레 그랬듯 학원 과제로, 이어 다음 주에 열릴 체육 대회로 넘어갔다. 체육 대회 때 4학년은 오십 미터 달리기와 계주, 반 대항 단체 줄넘기 종목에 참가하게 되었다.

“축구나 피구를 하면 좋은데…….”

급식실로 향하며 치현이가 아쉬워했다. 주헌이와 민준이, 명찬이가 우리 옆을 지나가며 빈정거렸다.

“어차피 너희는 연습할 시간도 없잖아. 공부해야지.”

“축구랑 피구가 연습이 얼마나 중요한지는 알지? 심지어 반 대항인데!”

아이들은 여전히 삐딱했다. 용기산 운동장에서 어정쩡

하게 헤어진 뒤로 줄곧 그랬다. 민우 형 얘기를 들어서인지 나도 왕따 당하는 느낌이 들었다. 불뚝성이 치밀었다.

"우리도 연습할 수 있거든!"

버럭 소리를 질렀다. 아무 잘못도 없이 일방적으로 당하기만 할 수는 없었다. 민우 형도 너무 여리고 착해서 왕따를 당했는지 모른다.

"너희가? 공부할 시간도 부족할 텐데?"

명찬이가 턱을 치켜들며 깐족거렸다. 옆에서 주헌이와 민준이도 "맞아, 맞아." 하며 맞장구쳤다.

"아니. 우리도 필요하면 시간 낼 수 있어!"

나는 지지 않고 맞섰다.

"그럼 지난번에 우리가 놀자고 했을 때는 시간을 내기 싫었던 거네?"

민준이가 말을 톡 쏘았다.

"그땐 집에서 놀자고 하니까 그랬지! 나는 밖에서 놀고 싶었다고!"

"그런 얘기 안 했잖아!"

민준이가 화를 더럭 냈다.

"듣지도 않고 가 버린 게 누군데!"

소리를 빽빽 지르면서 대거리하니 속이 시원했다. 진작에 덤벼 버릴걸. 괜히 아이들의 눈치를 보며 지낸 시간이 억울했다.

"쳇!"

민준이는 콧방귀를 뀌고 급식실로 들어가 버렸다. 주헌이와 명찬이도 뒤따라갔다. 까짓것, 친구 하기 싫으면 하지 마라. 나도 아쉬울 거 없거든! 나한테는 치현이가 있으니까!

"저것들을 그냥!"

치현이가 종주먹을 들이대며 요란을 떨었다.

"치, 아까는 한마디도 못 하더니!"

내가 퉁 쏘자, 치현이는 머쓱한 듯 헤헤 웃었다.

"민준이랑 주헌이도 우리 학원에 들어오려고 시험 봤대."

치현이가 속삭이듯 말했다. 나는 눈을 동그랗게 뜨고 치현이를 쳐다봤다.

"노멀반에도 못 들어온 거지."

치현이가 고개를 빳빳이 들고 뽐내듯 말했다.

"정말?"

곰곰이 생각해 보았다. 성적이 안 돼서 학원에 들어오지 못했다면 무척 속상했을 거다. 그런 아이들에게 학원에 다니느라 바빠서 같이 못 논다고 했으니 얼마나 아니꼬웠을까. 우리는 정말 놀 시간이 없어서 그랬던 건데, 아이들 입장에서는 샘이 났겠구나 싶었다. 아이들의 마음이 이해되면서 은근히 우쭐한 기분이 들었다.

"그래도 지금은 쟤들이 부럽다……."

치현이가 아이들 쪽을 바라보며 중얼거렸다.

"왜?"

내가 세모눈*을 하고 물었다.

"우리 학원에 안 다니니까 자유롭잖아!"

치현이의 말에 갑자기 기운이 쭉 빠졌다. 나도 아이들을 바라보았다. 저 아이들과 나와 치현이 중 어느 쪽이 더 잘 지내고 있을까. 왠지 '나와 치현이'라는 대답이 선뜻 나

세모눈 꼿꼿하게 치뜬 눈을 비유적으로 이르는 말.

오지 않았다. 아이들과 비교하며 우쭐했던 마음이 조금 머쓱해졌다.

배식을 받으려고 줄을 서는데 뒷문 쪽에서 우당탕 소리가 들렸다. 아이들이 우르르 뒷문 쪽으로 몰려갔다.

"내가 언제 그랬어!"

민우 형의 목소리가 날아올랐다. 나와 치현이도 재빨리 뛰어가 아이들 사이를 비집고 들어갔다. 민우 형이 승기 형을 깔고 앉아 주먹을 부르쥐고 있었다. 주먹이 부들부들 떨렸다.

"내가 다 봤거든!"

민우 형에게 깔린 승기 형이 소리쳤다.

"보긴 뭘 봤다는 거야?"

"야, 나도 봤어!"

둘러선 아이들 속에서 목소리가 솟았다. 승기 형 무리 중 한 명 같았다. 민우 형이 소리 나는 쪽으로 고개를 획 돌렸다. 때를 놓치지 않고 승기 형이 벌떡 일어나 민우 형을 밀쳤다. 이번에는 민우 형이 바닥에 엎어졌다. 승기 형이 민우 형을 깔고 앉아 멱살을 잡고 흔들었다.

"책상 서랍 안쪽에 개념서 펼쳐 놓고 슬쩍슬쩍 봤잖아!"

민우 형이 컥컥거리며 승기 형의 손을 떼어 내려고 버둥거렸다.

"맞아, 커닝해서 1등 한 거 소문나니까 창피해서 이번엔 못 한 거잖아!"

또 다른 5학년 형이 승기 형을 편들었다.

"난 그런 적 없어!"

민우 형이 고함을 질렀다.

"없다고?"

승기 형이 비웃음을 흘렸다.

"그래! 없어!"

민우 형이 또박또박 대답했다.

"증거를 대 봐!"

5학년 형이 또 말을 보탰다. 더는 민우 형 혼자 당하게 둘 수 없었다.

"없다잖아요! 없는 증거를 어떻게 대요?"

나는 빽 소리를 지르며 민우 형을 깔고 앉은 승기 형의 팔을 잡아당겼다.

"지금 뭐 하는 거야? 몇 학년이지요?"

교감 선생님 목소리가 들렸다. 아이들이 양쪽으로 쫙 갈라져 길을 텄다. 교감 선생님이 성큼성큼 다가왔다.

"어머나, 승기야! 너 뭐 하니?"

승기 형 담임 선생님도 뒤따라왔다.

"여기 이민우도 있어요!"

누군가 소리쳤다. 민우 형 담임 선생님까지 달려왔다. 승기 형과 민우 형이 씩씩거리며 일어났다. 둘 다 머리도 옷도 엉망이었다.

"두 분 선생님, 아이들과 같이 교감실로 오세요."

교감 선생님이 선생님들에게 말하고 급식실을 나갔다. 선생님들도 승기 형과 민우 형을 다독여 뒤따라 나갔다. 멀어지는 승기 형과 민우 형을 바라보는데, 마음이 요란하게 덜그럭거렸다.

미래로 가는
엘리베이터

　5교시 수업이 시작되었다.

　"선생님, 급식실 일은 어떻게 되었어요?"

　나는 민우 형과 승기 형이 싸운 일이 어떻게 마무리되었는지 궁금했다. 선생님은 모른다고 했다.

　"친구들끼리 사이좋게 지내야지, 소리치고 주먹다짐까지 하면서 싸우는 건 정말 나빠요. 문제가 있으면 서로 대화로 풀고……."

　선생님은 잔소리만 줄줄 늘어놓았다. 괜한 이야기를 꺼낸 것 같아 반 아이들에게 미안했다.

"학폭위* 열리겠네요?"

민준이가 물었다. 아이들이 웅성웅성했다.

"학폭위까지 열리면 여러 가지로 골치 아프지. 그전에 서로 오해를 풀고 화해하도록 해 봐야지. 이제 그 얘기는 그만."

선생님은 곧장 수업을 시작했다. 그러나 나는 도무지 수업에 집중할 수 없었다. 커닝을 해서 1등을 했다고 몰아붙이던 승우 형의 목소리와, 아니라고 맞서던 민우 형의 목소리가 귀에 쟁쟁 울리는 듯했다. 친구들에게 왕따를 당했다니, 그동안 얼마나 힘들었을까. 까망이를 바라보던 민우 형의 쓸쓸한 눈길이 떠올랐다. 용기산에서 만났을 때 알아차렸으면 좋았을걸. 그때 알았더라면 나도 까망이처럼 형에게 위로가 되어 주었을 텐데. 안타까운 마음만 깊어 갔다.

5교시 수업을 마치고 치현이와 함께 5학년 교실이 있는 4층으로 올라갔다. 민우 형네 반인 1반의 창문을 넘어다보

학폭위 학교 폭력 대책 심의 위원회의 줄임말.

았다. 민우 형은 보이지 않았다.

"승기 형은 몇 반이지?"

"글쎄."

승기 형이라도 찾아서 물어보고 싶었지만 치현이도, 나도 형이 몇 반인지 알지 못했다.

"너 아까 걔지? 민우 편들던 애?"

교실 뒷문 앞에서 서성거리는데 누군가 우리에게 다가왔다. 1반 교실에서 나온 걸 보니 민우 형과 같은 반 누나인 듯했다.

"민우는 집에 갔어."

누나가 말했다. 그러고는 곧장 말을 붙였다.

"민우 말이야, 진짜로 커닝했대?"

"민우 형이 아니라고 했잖아요!"

나도 모르게 목소리가 커졌다.

"치, 본인이야 아니라고 하겠지."

누나가 입을 삐죽거리며 내 어깨를 툭 치고 지나갔다. 화가 부글부글 끓어올랐다.

"그냥 가자."

치현이가 내 팔을 잡았다.

"저 누나 왜 저러냐? 잘 알지도 못하면서 의심부터 하고 말이야."

교실로 가면서도 계속 툴툴거렸다. 그래도 화는 좀처럼 가라앉지 않았다.

"사람들은 원래 나쁜 소문에 더 솔깃하잖아."

치현이가 어른처럼 말했다. 나는 길게 한숨을 내쉬었다. 치현이 말이 맞다. 소문은 나쁜 것일수록 더 빨리 퍼진다. 민우 형이 아니라고 했지만 아이들은 커닝해서 1등을 했다는 승우 형의 말을 더 쉽게 믿을 거다. 마음이 씁쓸했다.

집으로 돌아오는 길에 민우 형 집에 들렀다. 민우 형의 얘기를 듣고 싶었다. 벨을 누르고 한참을 기다렸지만, 아무도 없는지 문은 열리지 않았다.

저녁을 먹고 까망이에게 줄 멸치 한 줌을 챙겨 집을 나섰다. 까망이를 찾다 보면 민우 형을 만날 수 있을지도 몰랐다.

용기산 입구에서 조금 더 올라가 풀숲 아래에 자리를 잡

았다. 바닥에 하얀 종이를 깔고 마른 멸치를 소복이 쌓았다. 물병 뚜껑에 생수도 담아 놓았다. 이어폰을 끼고 휴대 전화로 게임을 하는데, 풀숲에서 까망이가 모습을 드러냈다. 까망이는 나를 빤히 쳐다보더니 살금살금 다가와 멸치를 야금야금 먹었다. 이렇게 잘 먹는 줄 알았으면 참치 캔도 챙겨 올걸. 괜스레 미안한 마음이 들었다.

"민우 형 못 봤어? 너 보러 왔을 줄 알았는데……."

까망이를 보며 속삭이듯 말했다. 연분홍 혓바닥으로 물을 핥아먹던 까망이는 내 소리에 놀랐는지 귀를 쫑긋하고는 바람처럼 사라졌다.

"아, 이런……."

괜한 소리를 해서 까망이를 쫓아 버렸다. 너무 허탈해서˚ 그 후로도 십 분쯤 더 앉아 있었다. 혹시라도 민우 형을 만날 수 있을까 싶어 이리저리 두리번거렸지만 민우 형은 나타나지 않았다. 엉덩이를 탁탁 털고 자리에서 일어났다.

허탈하다 몸에 기운이 빠지고 정신이 멍하다.

다음 날, 민우 형과 얘기하고 싶어서 형을 찾아다녔다. 하지만 만날 수 없었다. 형은 학교에도, 학원에도 나오지 않았다.

"민우 오늘도 학교에 안 왔어."

그다음 날, 5학년 1반 교실 앞을 어슬렁거리다가 형들이 하는 얘기를 얻어들었다. 이유를 물었지만 모른다는 대답만 돌아왔다.

"진짜 무슨 일이지?"

치현이도 걱정되는지 고개를 갸웃했다. 더는 기다릴 수 없어서 집으로 가는 길에 민우 형 집부터 들렀다.

딩동딩동.

연거푸 벨을 눌렀다. 그때였다.

"거기 안 서!"

집 안에서 민우 형 엄마의 목소리가 울리더니 덜컥, 현관문이 열렸다. 민우 형과 딱 마주쳤다. 형은 나를 보고 멈칫하더니 그대로 계단을 뛰어 내려갔다.

"야, 이민우!"

민우 형 엄마가 소리를 빽 지르며 뛰쳐나왔다.

"어머, 언니!"

엄마 목소리가 들려서 고개를 돌렸다. 엄마가 휘청하는 민우 형 엄마를 붙잡았다. 아마도 큰 소리가 들려서 나와 본 모양이었다. 민우 형 엄마가 기운이 빠지는지 그 자리에 스르르 주저앉았다. 나는 엄마에게 알은체하는 둥 마

는 둥 부랴부랴 계단을 내려왔다. 민우 형을 찾아야 했다.

집 앞 골목으로 나와 용기산 쪽으로 방향을 잡았다. 헉 헉대며 오르막길을 올라갔다. 용기산 입구를 한참 지난 풀숲에 민우 형이 쪼그리고 앉아 있었다.

"민우……."

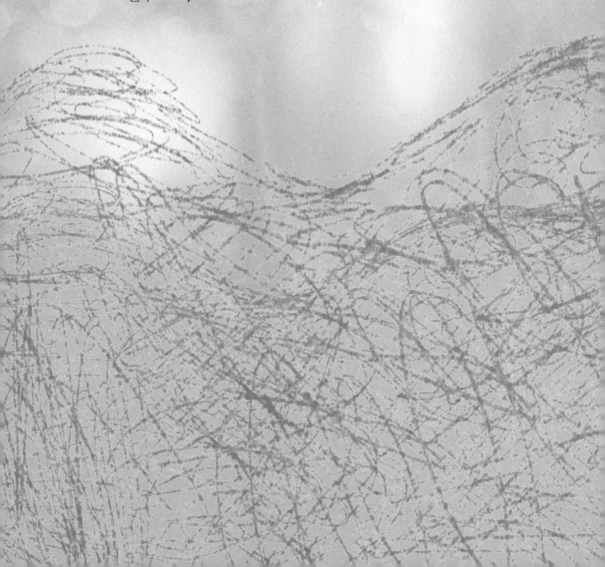

큰 소리로 부르려다가 우뚝 멈췄다. 민우 형 옆에 까망이가 보였다. 까망이는 느긋하게 육포를 씹고 있었다. 형은 정신없는 와중에도 까망이 먹을 것은 챙겨 온 모양이었다. 나는 까망이가 또 놀라 달아날까 봐 최대한 발소리를 죽이고 걸었다.

"야옹."

까망이가 울음소리를 냈다. 민우 형이 손으로 까망이의 머리를 어루만졌다. 까망이는 이내 풀숲으로 사라졌다. 나는 그제야 민우 형을 불렀다.

"형!"

민우 형은 나를 흘깃 보고는 까망이가 사라진 쪽만 우두커니 바라보았다. 나는 얌전히 민우 형 옆에 엉덩이를 붙이고 앉았다.

"왜 따라왔어?"

민우 형이 물었다.

"그게……."

"승기가 한 말, 사실이야."

무엇부터 물어야 하나 고민하는데 민우 형이 불쑥 말을

꺼냈다. 나는 눈이 휘둥그레져서 민우 형을 쳐다보았다. 민우 형은 표정 없는 얼굴로 나에게 미안하다고 했다.

"급식실에서 거짓말했어. 아이들이 다 보고 있어서. 아니라고 우기면 될 줄 알았는데……."

그럼 승기 형의 말이 모함*이 아니란 말인가? 민우 형이 커닝을 해서 1등을 했다는 말이 사실이라고? 도무지 믿기지 않았다.

"왜? 왜 그랬어?"

민우 형에게 묻는 목소리가 심하게 떨렸다.

"엘리베이터에서 내리고 싶지 않았으니까."

민우 형이 알 수 없는 말을 지껄였다. 나도 모르게 눈살이 찌푸려졌다.

"1등을 놓칠까 봐 너무 불안했어. 어떻게 해서든 계속 1등을 지키고 싶었어. 진짜 모르는 거 한두 개만 본 건데, 하필 승기한테 걸려서……."

"형, 지금 그게 문제야?"

모함 나쁜 꾀로 남을 어려운 처지에 빠지게 함.

나는 자리에서 발딱 일어나며 소리쳤다.

"그러게⋯⋯, 내가 미쳤나 봐."

민우 형은 꿈쩍 않고 앉아 허공만 바라보았다.

"나는 형이 자랑스러웠는데⋯⋯, 정말 형처럼 되고 싶었는데⋯⋯."

내 입에서 주절주절 말이 쏟아져 나왔다. 민우 형이 기운 없이 말했다.

"나처럼은 되지 마. 아니다. 누구처럼 되고 싶다는 생각을 하지 마. 네 생각만 해."

민우 형은 천천히 고개를 돌려 나를 보았다.

"나는⋯⋯ 잠시 이 엘리베이터에서 내려야 할 것 같아. 내가 여기에 어떻게 타게 됐는지 기억이 나질 않아. 내가 타고 싶어서 탄 건지, 누군가에게 등 떠밀려서 어쩔 수 없이 탄 건지⋯⋯. 이대로 계속 올라가는 게 맞는지도 잘 모르겠어⋯⋯. 내가 해 줄 수 있는 말은⋯⋯ 이게 다야."

말을 마치고 민우 형은 자리에서 일어났다. 아쉬움이 가득한 얼굴로 풀숲을 향해 말했다.

"까망아, 잘 지내."

까망이에게 작별 인사를 하는 것 같았다. 이제 영영 안 올 사람처럼.

"너도 잘 지내."

민우 형은 나에게도 작별 인사 같은 말을 건네고 터덜터덜 걸음을 옮겼다. 내리막길을 따라 내려가는 형의 뒷모습이 점점 작아졌다.

"어딜 갔다가 이제 와?"

집에 들어서자 엄마가 버럭 소리를 질렀다. 민우 형을 찾으러 갔다고 하자, 엄마도 더는 꾸중하지 않았다. 단지 잔소리 같은 한마디만 했다.

"그래도 이렇게 늦을 때는 전화를 해야지. 가서 손 씻고 와. 저녁 먹게."

손을 씻고 나와 식탁 앞에 앉았다. 아빠는 오늘 늦는 모양이었다. 식사하는 내내 엄마는 잔뜩 굳은 얼굴로 수저만 움직였다.

"숙제할게요."

밥을 다 먹고 숟가락을 살며시 내려놓으며 말했다.

"학원은, 다닐 만해?"

엄마가 대뜸 물었다. 나는 눈을 끔뻑끔뻑하며 엄마를 쳐다보았다. 엄마가 얕게 한숨을 내쉬었다.

"민우네 이사 간대."

"진짜요?"

'그래서 나에게도 잘 지내라고 했구나…….'

"민우 엄마 말이야, 아까 한참 울었어. 자기가 민우를 망친 것 같다고. VIP 학원 의대반에만 보내면 앞길이 훤히 열릴 줄 알았대. 근데 그게 아니었다고. 다 때가 있는 건데 자기가 너무 욕심부려서 아이 마음만 병들게 했다고……."

엄마가 말끝을 흐렸다. 조금 전 용기산 입구에서 민우 형이 했던 말이 떠올랐다. 우리를 의사라는 미래로 데려다줄 엘리베이터에 스스로 올라탄 건지, 아니면 누군가에게 등 떠밀려 탄 건지 알 수 없게 되었다는 말. 나는 어떨까 생각하는데, 엄마 휴대 전화에 문자 메시지 알림 소리가 울렸다.

"어휴, 얘가 기어코……!"

엄마가 문자 메시지를 확인하고 헛웃음을 지었다. 그러고는 나에게 휴대 전화를 내밀어 삼촌이 보내 온 사진을 보여 주었다. 〈내 인생의 무대〉라는 연극 포스터 앞에서 삼촌이 해맑게 웃고 있는 사진이었다. 삼촌은 포스터 맨 끄트머리 자신의 이름에 빨간색 별표까지 달았다.

"좋아 보인다!"

나도 모르게 말이 툭 나왔다. 엄마가 못마땅한 얼굴로 나에게 눈을 흘겼다.

"엄마는 안 그래요? 내 눈에만 좋아 보이는 건가?"

모른 척 시치미를 떼고 묻자, 엄마는 대답 대신 한숨을 내쉬었다. 잠시 삼촌 사진을 물끄러미 내려다보고는 나직이 중얼거렸다.

"신나 보이기는 하네. 이렇게나 좋을까……."

엄마 입꼬리가 살짝 올라갔다.

"우리, 삼촌 연극 같이 보러 가요."

조심스레 말하고 엄마의 반응을 살폈다. 별다른 대꾸는 없었지만 확실히 표정은 부드러워졌다.

나는 방으로 들어와 삼촌에게 문자 메시지를 보냈다.

내
인생의
무대

나의
삶을 무대로

2024. 12. 27
18:00
연극마당

000 000 000 000 000 000
000 000 000 000 000
000 000 000 김윤철

000 000 000 000

〈내 인생의 무대〉 대박 나길!
엄마, 아빠랑 꼭 보러 갈게.

삼촌이 활짝 웃는 이모티콘과 감동에 겨워 눈물 흘리는 이모티콘을 잇따라 보내왔다.

나는 휴대 전화를 들고 책상 앞에 앉았다. VIP 학원 문제집이 빼곡히 꽂힌 책꽂이가 무거워 보였다. 저렇게 많은 문제집을 만들어 내고 쉴 새 없이 위로 올라가도록 이끄는 VIP 학원은 분명 성능이 좋은 엘리베이터일 거다. 그러나 나도 잘 모르겠다. VIP 학원이 나에게 맞는지, 아닌지. 남들이 좋다니까, 엄마가 다니라니까 그저 얼떨결에 올라탄 건 아닐까……, 내 마음도 모른 채.

머릿속이 복잡했다. 하지만 그 가운데 또렷해지는 생각이 하나 있었다. 적어도 내 미래로 가는 엘리베이터는 내가 선택해야 한다는 것. 그러려면 무엇보다 내 마음부터 알아야 한다.

'박준서, 네가 좋아하는 건 뭐야? 네가 하고 싶은 건?'

처음으로 나에게 질문을 던졌다. 바로 답을 떠올리지는 못했지만 왠지 마음이 편안해졌다. 치현이는 어떨까, 문득 궁금해서 문자 메시지를 보냈다.

치현아! 넌 뭘 좋아해? 뭘 할 때 가장 행복해?

치현이가 갑자기 무슨 소리냐며 큼지막한 물음표를 마구 보내왔다. 내가 생각해도 좀 뜬금없기는 했다. 내일 치현이를 만나 더 이야기 나눠 봐야겠다. 불을 끄고 침대로 가서 누웠다. 창밖의 주황색 가로등이 자그마한 내 방을 은은하게 채웠다.

　어느 날, 뉴스에서 '초등학생 의대반 열풍'이라는 보도를 접했습니다. 학원가를 중심으로 초등학교부터 일명 '의대반'이라는 이름으로 대학 입시를, 그것도 의대 입시를 준비하고 있다는 사실이 실로 놀라웠어요. '설마' 하며 관련 소식과 자료를 더 찾아보았는데요, 찾을수록 놀라움은 더욱 커져 갔습니다. 뉴스로 접한 이야기가 과장이 아니었음은 물론이고, 이미 전국으로 확산하고 있었어요. '초등학교 4학년이면 이미 늦었다'는 마케팅 문구를 보며 마음은 이루 말할 수 없이 착잡했지요.

　아! 도대체 의사가 무엇이기에 이런 어처구니없는 현상이 유행처럼 번지는 걸까요? 왜 열 살 남짓한 어린이들이 바퀴 달린 큼지막한 트렁크에 중고생 수준의 참고서와 문제집을 넣고 다니며 과제 지옥에서 허우적거려야 하냔 말이에요.

　정말 화가 났어요! 이건 아니라고 생각했죠!
잔뜩 성이 오른 마음을 마구 쏟아 내고 싶었어요. 그러나 작가가 화풀이로 이야기를

쓸 수는 없잖아요. 마음을 가라앉히고 한 명 한 명 인물들을 만들었습니다. 자녀의 성공을 위해 '초등 의대반' 공부를 권하는 준서의 부모, 스스로 선택했지만 매 순간이 버겁기만 한 준서와 친구들, 끝없는 경쟁 속에서 길을 잃어버린 민우까지. 그런데 인물들에게 공통점이 느껴졌어요. 모두 성공이 보장된 장밋빛 미래를 꿈꾸지만 그 누구도 행복해 보이지 않는다는 거였지요.

문득 이런 의문이 들더군요. 미래의 꿈을 위해서라면 오늘의 행복은 포기해도 되는 걸까? 내가 좋아하는 것, 내가 잘하는 것보다 성공을 택하는 게 옳을까? 여러분은 어떻게 생각해요?

원고를 끝내고, 책이 나오려는 요즘도 의대를 둘러싼 어른들의 목소리는 여전히 거칠고 시끄럽기만 하네요. 그럼에도 우리 친구들은 현명해졌으면 좋겠습니다. 자신에게 꼭 필요한 엘리베이터를 선택하고, 어느 층에서 타고 어디에서 내릴지, 어떤 속도로 올라갈지 야무지게 살피길 바라요. 나의 미래는 그 누구의 것도 아닌, 바로 '나의 것'이니까요.

친구들의 가방이 조금 가벼워지기를 바라며
최은영